JN177721

映画ノベライズ

銀魂2

GINTAMA

掟は破るためにこそある

原作 空知英秋
脚本 福田雄一
小説 田中 創

JUMP j BOOKS

GINTAMA

目次

contents

人物紹介

坂田 銀時《さかた ぎんとき》

頼まれたことは何でもやる
万事屋《よろずや》のリーダー。
普段は無気力、脱力の人だが、
実は元攘夷志士《じょういしし》で「白夜叉《しろやしゃ》」と
恐れられた伝説の侍。

志村 新八《しむら しんぱち》

廃刀令《はいとうれい》により廃れてしまった
剣術道場経営者の息子。
かつて銀時《ぎんとき》に救ってもらった
ことから、万事屋《よろずや》で働き始める。
万事屋《よろずや》のツッコミ担当。

神楽《かぐら》

宇宙最強を誇る「夜兎族《やとぞく》」の少女。
故郷に帰る金を貯めるため、
万事屋《よろずや》の押しかけバイトとなる。
大食らいで狂暴、毒舌。

平賀 源外《ひらが げんがい》

銀時《ぎんとき》が頼りにするからくり堂の
店主で、自称・江戸一番の発明家。

近藤 勲《こんどう いさお》

特殊警察・真選組《しんせんぐみ》の局長であり、
信頼を集める精神的支柱。
新八《しんぱち》の姉・妙《たえ》に惚れており、
ストーカー気質なところも。

土方 十四郎《ひじかた とうしろう》

特殊警察・真選組《しんせんぐみ》の副長《ふくちょう》。
”鬼《おに》の副長《ふくちょう》“と称されることもある。
クールなマヨラー。

沖田 総悟《おきた そうご》

特殊警察・真選組《しんせんぐみ》の一番隊隊長。
腹黒いドS王子。バズーカを用いる。

志村《しむら》 妙《たえ》

新八《しんぱち》の実姉。清楚で優しそうなそのルックスとは裏腹に、やたら戦闘能力が高い。

桂《かつら》 小太郎《こたろう》

「狂乱《きょうらん》の貴公子《きこうし》」との異名をもつ幕府指名手配中の攘夷志士《じょういしし》の生き残り。銀時《ぎんとき》と高杉晋助《たかすぎしんすけ》と共に吉田松陽《よしだしょうよう》の元で学んでいた幼馴染であり、攘夷戦争《じょういせんそう》時代の盟友。

高杉《たかすぎ》 晋助《しんすけ》

幕府転覆を企む鬼兵隊《きへいたい》を率いる絶対的頭領で、達人級の剣術の使い手。”攘夷志士《じょういしし》の中で最も危険な男“と呼ばれている。銀時《ぎんとき》や桂《かつら》とは、共に吉田松陽《よしだしょうよう》の元で学んでいた幼馴染。

松平《まつだいら》 片栗虎《かたくりこ》

警察庁のドン。キャバクラが大好き。

徳川《とくがわ》茂茂《しげしげ》

”将《しょう》ちゃん“こと、江戸幕府の若き征夷大将軍《せいいたいしょうぐん》。

河上《かわかみ》万斉《ばんさい》

鬼兵隊《きへいたい》所属。”千人斬《せんにんぎ》りの万斉《ばんさい》“の異名を持つ伝説の剣豪。

伊東《いとう》 鴨太郎《かもたろう》

特殊警察・真選組《しんせんぐみ》の参謀《さんぼう》。黒い野望を秘めているようだが…？

山崎《やまざき》 退《さがる》

特殊警察・真選組《しんせんぐみ》の監察役《かんさつやく》。地味が取り柄。

猿飛《さるとび》 あやめ《あやめ》

銀《ぎん》さんLOVEなドM《エム》の始末屋《しまつや》。

お登勢《おとせ》

万事屋《よろずや》の大家《おおや》。強面《こわもて》で口が悪い。

エリザベス

桂《かつら》の右腕の謎の宇宙生物。

映画「銀魂2　掟は破るためにこそある」

原作：「銀魂」空知英秋（集英社「週刊少年ジャンプ」連載）

脚本／監督：福田雄一

音楽：瀬川英史

主題歌：back number「大不正解」（ユニバーサル シグマ）

製作：映画「銀魂2」製作委員会

制作プロダクション：プラスディー

配給：ワーナー・ブラザース映画

©空知英秋／集英社　©2018 映画「銀魂2」製作委員会

この作品はフィクションです。

実在の人物・団体・事件などにはいっさい関係ありません。

プロローグ

祝、実写劇場版『銀魂《ぎんたま》』第二弾公開！

待ちに待った映画の封切りに際し、志村新八《しむらしんぱち》の頬《ほお》は緩《ゆる》みっぱなしであった。

無事、第二弾が公開できたのも、自分たち万事屋《よろずや》の第一弾での努力があってこそのもの。

実写映画として二回も銀幕に登場できるなんて、これはもう快挙と言っていい。

新八は、ここまで苦楽を共にしてきた仲間たちの顔を見回した。

「いやあ、やりましたね。『銀魂』実写版、第一弾が大ヒットで、なんと第二弾ですよ！

去年の実写邦画第一位ですからね！」

「でも日本アカデミー賞にかすりもしてないアル」

いきなりそんな茶々を入れてきたのは、万事屋の紅一点・神楽《かぐら》だった。このチャイナ娘、
応接間のソファーにごろりと横たわりながら、鼻クソなどほじっている。

この下品極《きわ》まるヒロインは、ときどき空気を読まずに辛辣《しんらつ》なことを言うから困るのだ。

そして面白くなさそうな表情をしているのは、この映画の主人公も同じだった。

もしゃもしゃの天然パーマにくたびれた着流し姿、死んだ魚のような目でデスクにふん

ぞり返っているこの男こそ、『銀魂』主人公の坂田銀時《さかたぎんとき》である。アカデミー賞にお呼びがかからなかったのがよほど悔しいのか、銀時は作品冒頭から主人公にあるまじき不貞腐《ふてくさ》れた表情を見せていた。

「誰なんだよ。主演男優賞獲《と》った奴《やつ》は」

「菅田将暉《すだまさき》って奴アル」

神楽の答えに、銀時は「ええっ、なんで!?」と目を剝《む》いた。『銀魂』では脇役を演じたに過ぎない菅田将暉が、他の映画で主演男優賞を獲ったのが相当気に入らなかったらしい。

神楽もかなり不満げな表情だった。

「私服のセンスがかなり微妙のあいつアル」

「CDデビューとかしてアーティスト気取りのあいつだな」

「親父《おやじ》さんが面白メガネしてるアル」

言いたい放題の銀時と神楽に、新八は「それ以上言うなァァァァ!」と激昂《げっこう》する。菅田将暉が貶《けな》されるのは、他人事《ひとごと》とは思えないのだった。

「いい役者さんですよ! 菅田将暉!」

「小栗旬《おぐりしゅん》なんてな、こんだけやってきて日本アカデミー賞、一度もかすったことすらないアルヨ」

神楽が銀時の方をチラ見しながら、しみじみと続けた。

「去年頑張ったのになあ。『牛の肝臓をたべたい』」

「『君の膵臓《すいぞう》』ね」銀時が訂正を加えた。「『牛の肝臓をたべたい』だと、レバ刺しが食べられなくなって悲しいな、的なドキュメント映画になっちゃうから」

銀時、神楽のやりとりを横目に、新八はため息をつく。この映画はあくまで『銀魂』なのだ。他の映画のことをあれこれ言っても仕方ない。

「いいんですよ、日本アカデミー賞にかすりもしなくても！　たくさんの皆様に観てもらえて大ヒットしたんですから！」

「そうだよねー」銀時がしかめっ面《つら》で続けた。「日本アカデミー賞って○○《ピー》、○○《ピー》、○○《ピー》、○○○《ピー》・○○○○○《ピー》が絡《から》んでれば、なお獲りやすいってだけの賞だもんね」

「うんうん、悔しいでしょうけど、今の台詞《せりふ》、劇場ではほとんどピー音で消されて皆さんにお届けできてないと思いますよ」

冒頭から業界の闇に突っこむなど危険すぎる。新八は「そんなことより！」と、努めて明るい声を上げて、話の方向性を変えることにした。

「いよいよ映画始まるんだから！　『観てください！』とか！　そういう愛想いいこと言ってくださいよ！」

「はーい、カンヌでパルムドールを獲った今回の『銀魂』」

適当なことを言う銀時に、新八は「ウソつけェェェ！」とツッコんだのだが、

「万引きしてまーす」

神楽がボケに乗っかってくる。

「ダメだろォォォォ！」

「それでは、『万引き万事屋』見てください！」

堂々と他の映画のタイトルをパクる銀時に、新八は「そんなタイトルじゃねーよ！」と抗議の声を上げた。

当然だが『銀魂』は家族の悲哀を扱った社会派ドラマではないし、リリー・フランキーも出ていない。信じてしまう人がいたらどうするのだ。

しかし神楽には自重するつもりはなさそうだった。

「じゃあ『万事屋名探偵』！　真実はいつもひとつ！」

「だから、他の人のヒットにあやかろうとするのやめろォォォォ！」

まったくこいつらときたら……これじゃあ、いつまで経っても本編ストーリーが始められない。ここはもう、自分で舵取《かじと》りをしてしまった方がいいだろう。

新八は銀時や神楽に背を向け、コホンと咳払《せきばら》いをした。

「『銀魂2　掟《おきて》は破るためにこそある』！　ご覧くださいっ!!」

本編開始を宣言した新八の脇で、銀時は「アカデミー賞くれェェェェ！」とワガママな声を上げていた。

言えばもらえるってもんじゃないでしょうに、と新八は肩を竦《すく》める。

とにかくこれでようやく映画本編の開始である。画面には、「ワーナー」のロゴが登場していた。そうそう、このロゴが出てくると、ザ・映画という感じがする。

そのあとはお馴《な》染《じ》み、『NO MORE 映画泥棒』のコーナーだ。

カメラ頭の紳士がキレのあるカクカクダンスを踊りながら盗撮を試みるアレ……かと思いきや、今回のはなにかが違っていた。

「劇場内で映画を撮影録音するのは犯罪だ。しっかりと自《みずか》らの目に焼きつけて、心で持ち帰るのだ」

盗撮紳士はどこかで見たことのある長髪の攘《じょう》夷《い》浪士だし、その背後では、相棒の宇宙生物がほっかむり姿で『やめとけ』のプラカードを掲げている。

せっかく映画開始を宣言したのに、まだしょうもないパロディを入れてくるというのか。

「おいィィィィ！　それさっきやったから！　本家本元のやつお送りしてるから！　さっさと本編に行って！　本編に！」

新八は叫んだ。ほんと、隙《すき》あらば小ネタを仕込んでくる連中だ。

侍《さむらい》の国。

僕らの国がそう呼ばれたのは、今は昔の話。二十年前、この平和な江戸《えど》の町に突如《とつじょ》宇宙から宇宙人が舞い降りた。僕らは彼らを天人《あまんと》と呼んだ。

天人は江戸の町を次々と開発……幕府も彼らに屈し、傀儡《かいらい》となる中、かつて天人を排除しようと攘夷戦争が勃発《ぼっぱつ》。そこには勇猛な攘夷志士たちが登場したが、多くの犠牲者を出した後に敗《やぶ》れた。

そして天人たちはさらなる蜂起《ほうき》を恐れ、廃刀令を発し、侍は衰退の一途を辿《たど》った――。

第一章

「――んなこた、知ったこっちゃねェェェんだよ！」

江戸《えど》・かぶき町の大通りに、大気を震わす怒声が響き渡っていた。

怒鳴り声の主は、とあるスナックのママ、お登勢《とせ》である。彼女は般若《はんにゃ》のごとき形相《ぎょうそう》で、目の前の銀髪天然パーマを睨《にら》みつけていた。

「金がねえなら腎臓でもタマキンでも売って金作らんかいっ！　おんどりゃあああっ！」

「家賃ごときでやかましいんだよ！　うんこババア！」

銀髪天然パーマの男が怒鳴り返した。着流しの腰に木刀を差した、ぱっとしない風体《ふうてい》の男である。

名を坂田《さかた》銀時《ぎんとき》。お登勢のスナックの二階を間借りし、『万事屋《よろずや》銀《ぎん》ちゃん』なる何でも屋を経営している。基本的に金無し仕事無し、顔に生気無しの、ないない尽くしの男だ。

銀時がお登勢の家賃請求をゴネて誤魔化《ごまか》そうとするのは、かぶき町界隈《かいわい》ではもはや恒例行事となっていたのである。

銀時は内心「面倒臭《めんどうくせ》ェ」と思いつつ、反論を開始することにした。

「この前、スマホでやりてェやりてェ言ってたゲーム、インストールしてやったじゃねェか！　あれでチャラだろ！」

「チャラなわけねェだろ！　そもそもあのゲームやってるおかげで課金しまくって、どんどん金がなくなってんだっ！」

「知ったことかよォォ！　いい年こいたババアが課金とかしてんじゃねェ！」

銀時が舌打ちする。こちとら、今日の晩飯にありつけるかどうかもわからないのだ。貴重な有り金を、ババアのガチャ資金になどされてはたまらない。

詰め寄るお登勢をなんとか引き離そうと、銀時は彼女の胸倉に手をかけたのだが、

「嫌ァァァァァッ！　皆さん！　見てください！　老人虐待《ぎやくたい》ですよ！」

突然、お登勢が金切り声を張り上げた。かぶき町を歩く通行人たちが、「さすがに虐待はマズイだろ」と銀時の方を睨みつけた。

そこで一瞬、銀時が「え？」と躊躇《ちゆうちよ》してしまったのが運の尽きだったのかもしれない。

お登勢は、そんな銀時の隙《すき》を見逃さなかった。熟年女性とは思えないほどの軽やかなフットワークで、ボディに二発、顔面に一発ジャブを入れてくる。

「ちょ――」

「オラアッ！」

さらに、お登勢の放つ大振りのアッパーカットが、もろに銀時の顎《あご》を捉《とら》えた。その鋭さはまるで、『あしたのジョー』力石徹《りきいしとおる》のそれ。脳味噌《のうみそ》がぐわんぐわんと揺れるような強烈な衝撃に、もはやKO待ったなしである。真っ白に燃え尽きた銀時は、背後に倒れるしかなかったのだった。

「終わった……なにもかも……」

しかし、お登勢の攻勢はそれでも止まらない。彼女は倒れた銀時の両足を抱え上げ、思いっきり水平方向にブン回し始めた。

「――って、終わってねェぞこら！　家賃払えェェェェ！」

ババアにジャイアントスイングを決められながら、銀時は思った。これじゃあ金払う前に殺されちまうんじゃね？　と。

お登勢のところから戻った銀時の姿を見て、新八《しんぱち》は「うわっ」と息を呑《の》む。
顔は腫《は》れ上《あ》がり着物もボロボロ、化け物にでも襲われたのかというような有《あ》り様《さま》である。
応接間のソファーにぐったりと身体《からだ》を沈め、なにやらブツブツと不平不満を口にしていた。

「ったく、あの暴力ババア、たかが家賃三か月分くらいの滞納で文句言いやがって」

どうやら、家賃支払いの延期交渉は失敗に終わったのだろう。銀時の惨状をひと目見て、新八はすぐに悟った。

「バイトしましょ」

「何度言ったらわかんだよ」銀時はソファーに横たわったまま、不機嫌そうに答えた。

「この万事屋がバイトみてえなもんだろ。毎度毎度、やる仕事が違うんだからよ」

「依頼を待つのと、こっちから出向くのとは大違いですよ。事実、ここ一か月、なにひとつ仕事の依頼がないわけですから」

「おい新八！」銀時が勢いよく上体を起こした。「お前には男のプライドってものがねえのか!? 俺たちゃ、あくまで人に頼まれて仕事する！ それが万事屋の魂《たましい》じゃねえのか」

「それはそうですけど……」

首を傾《かし》げつつも、銀時の言うことにも一理あるかもしれない、と新八は思う。

万事屋の仕事はなにも、お金のためにやっているわけではない。（というか、お給金なんてほとんどもらえないし）。新八がこの万事屋で働いているのは、困っている人たちの力になるためなのだ。

志村《しむら》新八、十六歳。周囲からは「ダメガネ」「ヘタレ」「ツッコミ以外無能」などと揶揄《やゆ》されることも多いが、これでもひとりの侍《さむらい》なのである。

そして侍とは、己《おのれ》のためでなく他人のために剣を振るうもの。そうなると、報酬目的で仕事をもらいに行くというのはなんだか違う気もする。

「とにかく、腹が減ってはなんとやらだ。メシ食ってから作戦会議だ」

銀さんの言う通りだ、と新八は思う。お腹が減っていてはいい金策も浮かばない。

さて、なにか台所に食べ物は残っていただろうか。白米くらいなら炊《た》いたばかりのがそこそこあったような――と、新八はソファーから腰を浮かしかけたのだが、

「いやあ、美味《うま》かった美味かった」

炊飯ジャーを小脇に抱えた小娘が、台所からやってきた。

万事屋の居候《いそうろう》、神楽《かぐら》である。お団子頭にチャイナ服、見た目だけなら可愛《かわい》らしい女の子なのだが、神楽はいろいろと凶悪だった。

特にその胃袋は、もはや江戸最凶と言えるレベルである。

「外からサンマ焼いてる匂《にお》いがしてきて、ついついごはんが進んでしまったアル」

神楽が満足げな表情で、炊飯ジャーを差し出してみせた。

そのジャーの中身を見て、新八と銀時は絶句する。三人分しっかり炊いておいたはずなのに、どういうわけか一粒も残っていない。釜《かま》の中は、すっからかんになってしまってい

たのだった。

「全部……食べたの……？」

新八に尋ねられ、神楽が「ん？」と首を傾げた。そこで初めて自《みずか》らが小脇に抱えた釜の中を覗《のぞ》きこみ、「うおおっ!?」と目を丸くする。

まさかこの子、自分がどれだけの量の白米を平らげたのか、自分で気がついていなかったのだろうか。

「匂いだけで五合食べます……？」銀時も呆《あき》れ顔《がお》である。

「炊き直すアル！　すぐに炊き直すアル！」

慌《あわ》てて台所に向かった神楽だったが、「はっ!?」と悲鳴を上げてすぐに戻ってきた。彼女の手には、空《から》になってしまった米袋が握られている。ものの見事にすっからかん。一粒たりとも残っていなかった。

「何者かがすべて食い尽くしたアル」

「「お前だよ！」」銀時と新八が声を合わせツッコむ。

これは大変なことになった——と新八は戦慄した。家賃が払えないどころか、備蓄していた米すらなくなってしまったのだ。もはや生存が脅《おびや》かされるレベルの恐怖である。このままでは万事屋一同、野垂《のた》れ死《じ》ぬしかないではないか！

「……バイト。バイトしかないですよ、銀さん」

しかし銀時は、「イヤですううっ！」と頑《かたく》なに首を振る。この男、こんな状況でさえ働きたくないと言うのか。

もはや万事屋の誇りだのなんだの言っている場合ではないというのに。プライドでお腹《なか》は膨《ふく》れないのだ。今すぐにお金を稼がねば、命にかかわるのである。

なにかいいバイトはないだろうか。短期間でがっつり稼げる、割のいいバイトは――そのとき新八の頭に思い浮かんだのは、夜の店で働く、姉の顔だった。


キャバクラ『すまいる』は、かぶき町でも人気の優良店だ。在籍する嬢のレベルの高さから、幕府の要人たちも頻繁《ひんぱん》に出入りしているという。

しかし、今日はどこか様子《ようす》が違っていた。夕方のこの時間であれば、いつもならキャバ嬢たちが姦《かしま》しく開店準備を進めているはずである。しかし、今日はフロアにもバックヤードにもキャバ嬢の姿はほとんど見られない。その代わり表には『可愛い子、急募！』という貼り紙が張られていた。

キャバ嬢がいないキャバクラも珍しい。銀時はガランと寂《さび》しいホールを見渡しつつ、テーブルの上のグラスをあおった。

「ごめんなさいね、銀さん。新《しん》ちゃんが何かいいバイトないかって連絡くれたもんだから」

着物姿の女性が温和な笑《え》みを浮かべながら、テーブルを整えている。彼女は、新八の姉・志村妙《しむらたえ》。お妙もまた、ここ『すまいる』で働くキャバ嬢のひとりなのだ。

銀時の脇で新八が、ぺこりと頭を下げた。

「すみません、店長、姉弟揃《きょうだいそろ》ってお世話になるなんて」

「いやあ、あのねえ、こちらこそだよ。我《わ》が店のね、トップキャバ嬢・お妙ちゃんのオスメだから、間違いなしだよ」

黒ひげにロン毛、ペヤング大盛りと同じくらい顔のデカい店長が、恐縮そうに答えた。

普段は愛嬌《あいきょう》のある店長なのだが、今日はよほど困っているのだろうか、サングラスの上の眉間《みけん》には深い皺《しわ》が刻まれている。

銀時がそんな店長を見やり、やれやれと肩を竦《すく》める。

「しかし、男を恋煩《こいわずら》いにするはずのキャバ嬢が、揃いも揃って風邪《かぜ》を患《わずら》うって……プロ意識のカケラもねーな、この店は」

「うん、あのね。ごめんなさい。本当にごめんなさい。いやね、キャバ嬢ひとりで開店を決行するのは結構ね、うん、結構……結構結構コケッコー、判断がちょっとできかねたというね」

店長はよほど焦っているのか、よくわからないダジャレを口走っていた。

ちょっとお店が大変なことになっちゃってるから、よかったら手を貸してほしい——お妙からそう頼まれたのは、今日の昼間のことである。絶賛バイト探し中だった万事屋一行は、渡りに船とばかりに、ここ『すまいる』へとやってきたのだった。

それにしても、と銀時はお妙を見る。他のキャバ嬢が全員風邪でダウンしている中、なぜこの女だけピンピンしているのだろうか。

「やっぱりお前は大したもんだな。バカは風邪引かないって本当の話——」

と銀時が言いかけたところで、お妙の方から鋭い鉄拳が飛んできた。銀時はそれをもろに顔面に食らい、あえなくテーブルに撃沈。やはりこの女、ただ者じゃない。

「あー、いいのが入った。いい角度で入った」

鼻血まみれで起き上がる銀時を見ながら、店長が苦笑する。

「銀さん、顔も広いじゃないか。可愛い娘《こ》のひとりやふたり、あるいは十人、あるいは、あるいはあるいは五十人？　百人？　友達百人できるかな？　まあそのくらい銀さんなら、ちょちょいと声かけりゃいいじゃねェかと。スグに呼んでこれるでしょ？」

「そんなの、いるなら逆に紹介してほしいよ」

急にそんなことを言われても困る。そもそも銀時の周《まわ》りにいる女なんて、ろくでもないのばかりなのだ。

「可愛い娘《こ》ならここにいるアルヨ」

首を捻《ひね》る銀時の脇で神楽が謎《なぞ》のアピールを始めていたが、店長もひと目で「こりゃねーわ」と思ったのだろう。すぐに銀時の方に向き直り、話を変えてしまった。

「今夜、常連の幕府のお偉いさんが来ることになってんのよ」

「オイ、無視してんじゃねーぞ」

神楽の憤《いきどお》りを無視し、店長はなおもそのまま続ける。

「こんな上客、滅多にいないのよ。ギャラも弾《はず》むからさ」

「おい。ペヤングフェイス、コラ」

神楽がなおも毒づく。この小娘、自分の可愛さによほど自信があったらしい。

銀時はさらりとスルーし、店長に「あと何人必要だ？」と尋ねる。

「最低三人」

店の窓から外を見れば、もうそろそろ日が落ちる頃合いだった。開店まで時間がない。

これからあと三人も集められるだろうか。

「ということは、あとふたりアルな」

銀時の脇で、神楽がニッコリと笑みを浮かべていた。顔面に白粉《おしろい》を塗りたくり、ドギツイ口紅と不自然なほどのマスカラでキメている。もはや化け物にしか見えなかった。

こいつはもう放っとこう――と、銀時が視線を外《はず》したその時だ。ふと頭上に、何者かの気配を感じる。

なにかと思ったら、天井から苦無《くない》が落ちてきたではないか。ああ、アイツか……と思いつつ、銀時はそれを易々《やすやす》と躱《かわ》してみせる。銀時にとって、頭上から苦無が降ってくるのはわりと日常茶飯事なのである。

銀時は床に突き刺さった苦無を引き抜き、「せーい！」と、上へ投げ返した。

どがっ、と鈍い音が響き、天井の梁《はり》が破壊される。すると梁の材木と共に、天井に潜《ひそ》んでいた何者かが落下してきた。

「な、なんなんですか!?　突然、天井から！」

落ちてきたのは忍《しの》び装束《しょうぞく》の女だ。頭に苦無が刺さったまま、「あたたたた……」と、床で悶絶している。

眼鏡《めがね》にロングヘア、ほのかに納豆の香りを漂わせるこのくのいちは、『始末屋さっちゃん』こと猿飛《さるとび》あやめ。銀時のストーカーであった。

銀時からすれば毎度この上なく面倒臭《くさ》い女なのだが、今この時ばかりは都合がいい。せっかくだから、働いてもらうことにしよう。

銀時は、床に這《は》いつくばる猿飛あやめ――さっちゃんの頭から、苦無を抜いてやった。

「ちょうどいい。オイ、コラ、立てストーカー。今夜からお前はキャバ嬢だ」

「やだ！　やだ！　触《さわ》らないでよ！」

「触ってねえよ」

眼鏡のズレを直しつつ、さっちゃんが上体を起こした。

「紅桜《べにざくら》篇だかなんだか知らないけど、実写版第一弾にはほんの一瞬も出番なし……。やっとパート2で出番がきたかと思ったら……キャバ嬢になれ!?　くのいちの私にそんな……そんなのって……」

さっちゃんの熱を帯びた目が、きっと銀時を見つめる。

「興奮するじゃないのォォォ!!」

恍惚《こうこつ》の笑みを浮かべつつ、さっちゃんが叫んだ。いつの間に着替えたのか、彼女の衣裳はラバー素材の黒ボンテージ。背景にエロティックな薔薇《ばら》まで咲かせている。

そうなのだ。このくのいち、ドMなのである。

「どこまで私のツボを押さえてるのよ！　銀さん！」

「もはやキャバ嬢とは言《い》い難《がた》いけれども、これはこれで良し」

店長がどこか満足そうに笑みを浮かべていた。この男、ソッチ系の趣味でもあるのかもしれない。

とりあえずこのドMくのいちも乗り気のようだし、遠慮なく頭数に入れることにする。一歩ギャラに近づいたと言えるだろう。

「これであとひとりアルな」

化け物厚化粧がなんか言っているが、銀時はスルーする。

「あとふたりか……」

「オイ、泣くぞ？　そろそろ泣くぞ？」

事実上の戦力外通告を受けた神楽が、思い切り口を尖《とが》らせて不満を露《あら》わにしている。こいつ、本気で自分がキャバ嬢になれるとでも思っているのだろうか。

と、そのとき。再び店の戸口の方に、来訪者の気配があった。

「ごめん！」

やってきたのは、長髪をなびかせた堅苦しい雰囲気の男と、真っ白な着ぐるみ状の宇宙生物だ。攘夷《じょうい》浪士・桂小太郎《かつらこたろう》と、その相棒エリザベスである。

「表の貼り紙を見て参ったのだが」

堂々と店に入ってくる桂の姿に、店長は「ん？」と首を傾げる。

「どゆこと？　あれ？　誰か、貼り紙を別のものと張り替えちゃったんだろうか。そんないたずらをされちゃったんだろうか」

「『可愛い女の子募集』と書いてあったものでな」

臆面《おくめん》もなくそう言いきる桂に、店長はさらに混乱してしまったようだ。

「あれ？　合ってる……。なんで来ちゃったんだろうか」

「どうしたんですか、桂さん」

不思議そうな表情を浮かべる新八に向け、桂は「ふっ」と不敵な笑みを浮かべた。

「この桂小太郎。こう見えて、化粧をすると可愛い女子に見えないこともないのだ」

傍《かたわ》らのエリザベスが、『その通り』と書かれたプラカードを示した。

「……だから？」銀時が問う。

「攘夷活動の資金が底を尽きつつある、キャバ嬢として荒稼ぎをさせてもらいたい」

「無茶苦茶ですよ、桂さん！」新八が首を振る。「あなたがいくら端正な顔つきと言っても、しょせんは——」

「メイクしてきてください！」突如《とつじょ》、店長が叫んだ。

これにはさすがの新八も「ええええええ!?」と驚きを隠せないようだった。まさか本当に桂がキャバ嬢に採用されるとは、思ってもみなかったのだろう。

「ダメだ。タイムリミットが近づいて、店長も正気じゃなくなってるよ」

銀時の脇では、半笑いを浮かべた店長が奇妙なダンスを始めていた。「もうどうにでもなれ」という精神の現れかもしれない。

店長はダンスの勢いのまま、ひとりソファーに顔を埋《うず》めている神楽を指さした。

「そこの泣いてる子供！　お前《ユー》も準備《ゲットレディ》しろ！　ゲットレディ、ナーウ！」

「うおおお！　店長ォォォ！　一生ついていきますぅぅぅ！」

採用されたのがよほど嬉しかったのだろうか。神楽はボロボロに泣き崩れた顔を上げ、一瞬で瞳を輝かせた。涙で厚化粧が崩れ、化け物顔がさらに酷《ひど》いことになってしまっていたが。

ったく、しょうがねェ――。銀時が後ろ頭をかく。まあ店長の気持ちもわからないでもない。開店までもう一時間は切った。こうなったらドMくのいちだろうが女装テロリストだろうが化け物厚化粧だろうが、使えるものはなんでも使うしかないのだ。

なにせ自分たちには、家賃がかかっているのだから。

窓の外の日は落ち、そして開店時間が近づいてくる。キャバクラ『すまいる』の本日の接客スタッフの準備は、なんとかギリギリで形になってきた。

急造キャバ嬢たちがお妙に倣《なら》い、開店挨拶《あいさつ》のための整列をしている。その様子を見ながら、銀時は満足げに頷《うなず》いた。

「案外イケたね、これ」

元々の正規スタッフはお妙ひとりだけ。ボンテージ姿のドMくのいち、謎の生物を連れた女装男、ついでに厚化粧チャイナ娘……という、そうそうたるラインナップである。

特に長身の桂と小柄な神楽が隣同士に並んでいる光景は、なかなか異様なものがあった。

「まあ、アレだよね。ガリバー旅行記の様相を呈《てい》しているよね」

店長が不安げに呟《つぶや》いた。

「冷静に見ると、約ふたり……ともすると三人、チェンジを言い渡される可能性あるよね。となると、あと最低ふたりの補充が必要だよね」

「客が来るまであと三十分もねえのに、ふたりも連れてこれるわけねえだろ！」

銀時がそう言っても、しかし店長は納得していない様子だった。よほどこの顔ぶれが心配なのだろう。半分涙目で銀時にすがりついてきた。

「お願いだァァ！　かなりの上客なんだァァァァァ！」

「知ったこっちゃねェよォォォォォ！」

大の男に泣きつかれ、銀時はたじろぐ。あとふたりなんて、どこから調達してこいと言うのか――。そこでふと銀時は、新八と目が合った。

新八が「?」と首を傾げる。

もうこうなったら、アレをやるしかない。


新八の心臓が、ドキドキと鼓動を打っている。開店時間となった『すまいる』に、ついに噂《うわさ》の〝上客〟がやってきたのである。

「なんだァ? 今日は、出迎えの女も少ねえじゃねーか」

「大丈夫ですよ。中にはたくさんいますから」

お妙に連れられてやってきたのは、オールバックにヤクザ顔の壮年男性である。身に纏《まと》う黒コートは、徳川幕府重鎮《じゅうちん》の証《あかし》。警察庁長官・松平片栗虎《まつだいらかたくりこ》である。

「おうおう、なにやってんだ。お前らも早く来いや」

松平が後ろに目を向けた。部下を引き連れてきているらしい。今夜の上客というのは、警察関係のお偉方なのか。

大丈夫かコレ、と新八は頭を抱えた。法を守る人間の前でこんな格好をするのは、かなりリスキーだ。

「ほーら。みんないますよぉ」お妙が松平に、今夜のコンパニオンたちを紹介する。

さっちゃん、桂や神楽がお辞儀をした。そんな彼女たちに合わせ、銀時と新八もしなを作ってみせた。

「い……いらっしゃいませぇ」

そう、銀時と新八も、今夜のキャバ嬢としてこの顔ぶれに組みこまれているのだった。

銀時はツインテール、新八は三つ編みのカツラをつけただけ。ろくに化粧もしていない突貫女装である。男だとバレるのも時間の問題かもしれない。

出迎えに行っていたお妙はそこで初めて、銀時の無茶苦茶な作戦に気づいたらしい。

「な、なぜ、お前ら……」

「仕方ねェだろ。あとふたり、見つかんなかったんだから」

銀時は小声でお妙にそう伝えると、松平に向けてひきつった笑顔を見せた。

「銀子《ぎんこ》でーす」

どうやら銀時は、このまま作戦を続行するつもりらしい。新八も仕方なく「パチ恵《え》でーす」と続ける。かなり恥ずかしい。ていうかなんだよ「パチ恵」って。そんなふざけた名前聞いたことねーよ。

松平に続いて入ってきた体格のいい男が、銀時と新八を見て首を傾げた。

「あれ。今日は初めて見る子が多いな。新人さん？」

警察制服を身につけたゴリラのようなその男……店に入ってきた男の顔を見て、銀時と新八は同時に「げエエエエ!!」と息を呑む。どこかで見たことがあると思ったら、このゴリラ似の男、真選組《しんせんぐみ》の局長・近藤勲《こんどういさお》ではないか。

いや、彼だけではない、副長の土方十四郎《ひじかたとうしろう》、一番隊隊長の沖田総悟《おきたそうご》ら、いつもの面子《めんつ》も一緒である。こんな一度に顔見知りが店に来てしまうだなんて、非常にマズい状況だった。

――よりによって真選組……!?　幕府のお偉いさんって言ってたじゃん!?　こんなのバレたらバカにされるどころか、詐欺《さぎ》で捕まる可能性だってあるぞ!?　銀さん、どうしよう!?

新八は内心焦りつつ、隣の銀時の顔色を窺《うかが》う。

銀時はなにを思ったのか、顎をしゃくらせるように前に突き出し、「いらっしゃいませー」と呟いていた。猪木《いのき》風に。

――銀さんんんん!!　まさか変装してるつもりなのか!?　それでイケるつもりなのか!?　おいイイイイ!?

「しゃくれ！　軽くしゃくっとけ！　しゃくっとけば間違いなくバレねー」

「いや、バレるよ！　神楽ちゃん！　なんとか言ってやってくれよ！」

と、新八は神楽に助けを求めたのだが、

「グラ子《こ》です。よろしくお願いしますアル～」

神楽もしゃくっていた。銀時同様に思い切りしゃくっていた。

「もうやってるよ!!　しゃくっちゃってるよ!!　この娘《こ》ォォ!!」

果たして本職の警官を相手に、顎をしゃくらせるだけで変装が通じるものだろうか。仮にも真選組は、江戸に潜伏している攘夷浪士《テロリスト》を見つけ出すプロなのだから。

そこで、新八ははっと気がついた。その攘夷浪士《テロリスト》が、今まさにこの場にいるということに。

「ヤバイでしょ！　桂さん！　宿敵の真選組ですよ!?　あなたが一番ヤバイでしょ！」

新八に告げられ、桂は一瞬考えこむ。思案の末、彼がとった行動、それはやはり……。

「しゃくったァァァ!?」

「桂子《かつらこ》です。趣味はラップです」

桂が、しゃくれたまま真選組に自己紹介をした。特に彼らに違和感を持たれてはいないようだ。

「ふう……。本当にバレないみたいだ。しゃくれ効果、恐るべし」

銀時のいい加減な思いつきも、たまには役に立つらしい。

ふと新八が隣を見ると、さっちゃんも同様に顎をしゃくらせていた。ただしゃくるだけでは飽き足らないのか、まるでドジョウすくいのように鼻の穴にマッチ棒を刺している。

「フガフガフガガ」

もはや変装でもなんでもなかった。ただのドMの習性である。「アンタ、しゃくれの概念間違ってるよォォォ！」と言ってやりたいくらいだ。

しかしそんなさっちゃんの行動は、真選組随一のドS・沖田総悟を満足させるものだったらしい。

「おい、いいメス豚《ぶた》がいるじゃねーか。ねーちゃん、俺がそんな棒よりもっとスゲーもん、鼻にブチこんでやろーか」

新八は内心「おいィィィ！」と叫ぶ。

――サド心に火ィつけちまったよ！　お前ら、それ以上喋《しゃべ》るな！　この映画、子供が観に来られなくなるっつーの！

しかし当のさっちゃんは、

「フガフガフガガ（ナマ言うんじゃないわよ、ケツの青いクソガキが。下の毛が白髪天パになってから出直してきなさい）」

「言うじゃねーか」なぜか沖田は感心していた。

思わず新八は「なんで通じてんの!?」と首を傾げざるを得なかった。

「おい総悟」舌打ち交《ま》じりに声をかけたのは、副長・土方である。「そのへんにしとけ。遊びに来たんじゃねーんだぞ」

土方の言葉で、真選組隊士一同が揃って店を出ていく。

松平は「遠慮するな、オイ。お前らも飲んでけや」と彼らを引き留めようとしたのだが、土方はぴしゃりとその誘いを固辞した。

「いや。そーはいかねェ」

新八は安堵《あんど》する。なんだ、飲みに来たんじゃないのか、この人たち。助かった。

え？　でも、じゃあ、なにしに来たんだ、こいつら――。

店の入り口で、沖田が何者かに頭を下げていた。

「ごゆっくり楽しんでってくだせェ。俺たちゃ、しっかり外を見張っときますんで……」

上司に対してても無礼千万な沖田にしては、珍しく丁寧な対応である。いったい誰に向かって言っているのだろうか。

「――上様」

店の入り口に現れた人物を見て、新八は度肝を抜かれてしまう。

身につけた着物は素晴らしく上等、溢《あふ》れんばかりの高貴なオーラを纏う青年である。その人物の顔は、江戸に生きる者なら知らないはずがない。

現れた人物は、江戸幕府のトップオブトップ。征夷《せいい》大将軍・徳川茂茂《とくがわしげしげ》であった。

新八は口をあんぐりと開き、銀時と顔を見合わせてしまう。

「銀サン、今、上様って聞こえませんでした？」

「聞こえたな」

ビビりまくっている新八とは対照的に、お妙はいつも通りの表情だ。その〝上様〟を案内するため、テーブルの準備を始めようとしている。

「ねえ、今、上様って」銀時がお妙に尋ねる。

「そんなわけないでしょ。天下の将軍様が、こんなキャバクラに来るわけないじゃない」

お妙は気づいていないのだろうか。いや、そんなまさか。

銀時は首を傾げつつ、神楽の方に向き直った。

「なあ、上様って聞こえたよな」

「上様なんてよくある名前アル。領収書なんてほとんど上様ネ」

桂にも「なあ、上様って」と尋ねる銀時だったが、桂から返ってきた答えは、「上杉《うえすぎ》さんと聞こえた」である。そして、さっちゃんに至っては「フガフガフガガガ」と言っているだけ。

みな緊張感の欠片《かけら》もないというか、平常運転だ。もしかして、自分たちが心配しすぎているだけなのか？　今階段を下りてくる人物は将軍様とはまったく関係なく、他人の空似なのか——？

首を傾げる新八の脇で、銀時が頷いていた。

「そうだよ、パチ恵。こんなとこに天下の将軍が来るわけねー」

お妙の向かったボックス席の方では、松平が「おーい、将《しょう》ちゃん、さっそく飲もうや」と入り口の人物に向かって手招きしている。

「でも、将ちゃんって呼ばれてますよ？」

新八が呟く。まあ〝将ちゃん〟というあだ名だけで将軍と判断するのは早計かもしれない。たとえば菅田《すだ》将暉《まさき》だって、将ちゃんって呼ばれてもおかしくないし。

お妙が〝将ちゃん〟の脇に座り、お酒を注《つ》ぐ。

「可愛いあだ名ですね、将ちゃんなんて。でも本名も教えてくださいな」

「征夷大将軍、徳川茂茂だ。将軍だから将ちゃんでいい」

「ヤダ〜もう。冗談がお上手《じょうず》なんだから」お妙が笑う。「ご職業はなんなんですか？」

「征夷大将軍だ」

「聞いたことない仕事アルネ」

神楽は首を傾げていたが、新八は気が気ではなかった。え、やっぱり征夷大将軍……？

新八だけではない。銀時も、額《ひたい》に脂汗《あぶらあせ》を浮かべてしまっている。

「よほど誠意のある将軍様なのね〜」

そんな会話を横で聞きながら、店長は「ははははは」と乾いた笑い声を上げていた。いったいどうしてしまったというのか。

店長はやおらに立ち上がり、

「本物。はははは。本物だ……マジで」

それだけ呟き、卒倒してしまった。

「て、店長ォォォォ!?」銀時と新八が駆け寄る。

倒れた彼の手のひらには、紙幣が握られていた。どこにでもあるような千円札……。そこに印刷されているのは、この江戸の将軍、徳川茂茂の肖像画である。

銀時と新八は、その紙幣の肖像画と、席に座る青年をじっくり見比べ、そして叫んだ。

「「ほ、本物だァァァァァァ！」」

キャバクラ『すまいる』で遊興《ゆうきょう》に耽《ふけ》る将軍を護衛すべく、店の外は真選組による厳重な警備体制が敷《し》かれていた。夜の帳《とばり》が落ちた路地には、歩兵と戦車隊による防衛線が二重三重に張られ、ネズミ一匹通れない状態になっている。

「二番隊、三番隊は裏を固めろォォ！」

警備下の全域に向け、近藤の声が響き渡った。彼は今、『すまいる』の前に設置された巨大砲台の砲身の上から指示を出している。

「お妙さぁぁぁん！　この近藤勲、命を賭けてェェ！　あ、守りぬきまぁぁぁぁすっ！」

近藤はまるで大舞台に立つ六代目・中村勘九郎《なかむらかんくろう》のごとく、凛々《りり》しい表情で見得《みえ》を切ってみせた。想《おも》い人《びと》の近くで仕事ができるのが嬉しいのか、無駄に張り切りすぎである。

公私混同気味なリーダーの態度に、沖田は肩を竦めた。

「あの人、守る人間違ってるな」

「将軍守るって叫ぶよりゃマシだろ」煙草《タバコ》をもみ消しつつ、土方が応《こた》えた。「しかし、とっつぁんも困ったもんだ。将軍に夜遊びのご教授とは」

〝とっつぁん〟とは、彼ら真選組の上役、松平片栗虎のことだ。

現将軍、徳川茂茂は幼少期に父を亡《な》くしており、松平は長年彼の父親代わりになっていたらしい。将軍の方でも松平をたいそう尊敬しているようで、こうした外遊びめいた社会科見学への付き合いを、たびたび頼んでくるのだという。

「あの将軍、江戸の町民の生活を見てみたいって、聞かねェらしい」と、沖田。

将軍の為政者《いせいしや》らしからぬ浅慮《せんりよ》に、土方はついため息を漏らしてしまう。

「それでキャバクラっておかしいだろ。他にいろいろあっただろ。こんなもん、たびたび繰り返してたらたちまち攘夷浪士に狙われるぞ」

「奴《やつ》らの狙いは天人《あまんと》でしょ」

「天人も幕府も一緒だ。傀儡《かいらい》となった幕府も、奴らの標的に過ぎねェ」

「なるほどね」沖田が眉間に皺を寄せた。「となりゃあ、この警備はちと大袈裟《おおげさ》じゃねえですかィ？　かえって目立つ」

「だから俺は反対したんだ」

「そんなに不安なら周りを見回ってきてくださいよ。将軍の首を狙う輩《やから》がもうすぐそこにいるかもしれねェ」

仮にも上司を顎で使おうとするとは生意気な部下だ――と土方は頭を抱える。

だが、どっちが見回りに行くかで口論をするのも時間の無駄だとも思う。実際、こうしている間にも攘夷浪士《テロリスト》が近づいているかもしれないのだ。

「……ちっ」

新しい煙草に火をつけ、土方は哨戒《しょうかい》に向かうことにした。まあ、この生意気な部下と顔を突き合わせてお喋りしているよりは、よほどマシだろう。

土方が歩き出そうとしたところで、近くに控えていた監察《かんさつ》の山崎《やまざき》が手を挙げた。

「あ、副長、俺も――」

「おい山崎」

土方に同行しようとした山崎を、なぜか沖田が横から制した。周辺の見回りくらいで安易に人員を割《さ》くべきではない、と判断したのだろうか。

その判断は間違ってはいない、と土方は思う。大抵《たいてい》の危険なら、自分ひとりで切り抜けられるだろう。攘夷浪士の十人や二十人程度、敵ではない。むしろ山崎《足手まとい》がいない方が楽かもしれない。

だから土方は、ひとりで見回りに行くことにした。もしこのとき沖田が浮かべていた薄笑いの意味に気がついていれば、もう少し警戒をしていたのだろうが。

土方らが攘夷浪士たちの動きを警戒していたのと時を同じくして、キャバクラ『すまいる』の店内では、とある攘夷浪士が怪しげな動きを見せていた。具体的に言えば、ノリノリでラップを刻んでいた。

ズンチャズンチャと軽快なリズムに合わせ、桂とエリザベスがラッパー気取りのポーズをキメる。本人たちは最高にクールなつもりらしいが、客席の空気は最悪だった。クールどころか、完全にクールダウンしてしまっているのだ。

微妙な空気になってしまった店内を見渡し、新八は表情をひきつらせていた。

「銀さんがテンパっている。真選組はもういないのにずっとしゃくっている……。そして桂さん。どうして〝カツラップ〟で勝負したんですか……。僕にはわかりません」

新八は心底気の毒になってしまった。なにせ桂のラップは、見ているこっちが恥ずかしくなるくらいの素人《しろうと》芸なのだ。

曲が終わるのも待たず、松平片栗虎は嫌悪《けんお》感全開の舌打ちを見せていた。

「ハイ、このねーちゃんチェンジ。つまんねえから」

さすがの新八も、ここまでやらかしてしまった桂をフォローすることはできなかった。銀時とふたり、桂を担ぎ上げ、力ずくで退場させる。

「おい！　なぜだ！　なぜなんだ!?　ラップは面白いつまらないで判断するものではないぞ!?　メッセージなんだ！　世界へのメッセージなんだァァァァァ！」

銀時に背負われながら、桂が抗議の声を上げる。自分でダメさに気づいていないあたりが、もう完全にダメである。

「そもそもキャバクラで披露するものじゃないんです」

とりあえず席に戻られても面倒臭いので、桂とエリザベスは、まとめてバックヤードの柱《はしら》に縛《しば》りつけておくことにした。桂らには恨みがましい目で睨まれてしまったが、新八は心を鬼にして目を逸《そ》らす。

そもそも、これも彼らのためなのである。なにせ、相手は将軍なのだ。彼らがこれ以上の狼藉《ろうぜき》を働いてしまったら、退場で済むかどうかわからないのだから。

「落ち着け、パチ恵……！　今回の仕事、うまくいきゃあとんでもねェ大金が手に入る。家賃なんて向こう十年は払えるような大金だ！」

銀子……ならぬ銀時が口を開いた。心なしか目は泳ぎ呼吸は荒く、なにやら挙動不審気味である。

「し、しかし……リスクもデケェ。粗相《そそう》をしでかせば首も飛びかねねェ……！　だ、だだ、だから落ち着け！」

「そう言ってるアンタが一番落ち着いてねえよ」

「幸い、鈍い女たちはこの事実に気づいてない。奴らには将軍のことは一切喋るな。動揺を招いて必ず失敗する」

銀時の言う通りかもしれない、と新八は思う。一攫千金《いっかくせんきん》のチャンスとなれば、お妙や神楽、さっちゃんがどういう行動に出るかわかったものではない。あの女連中がなにをしでかすかわからない以上、今回は銀時とのタッグで頑張るしかないだろう。

ふと、フロアの方から声が響いてきた。

「おーい。しゃくれ女と、廃校寸前の学校に必ずいそうなお下げ髪の眼鏡女、こっち来いや〜〜」

松平の声だった。新八は、銀時と顔を見合わせる。

「……僕たちのことでしょうか」

「どう見てもそうだろう」

頷いたのは、縛られている桂だった。そして銀時の下半身を凝視しながら、こう続ける。

「そして銀時。チ○コが目立ちすぎだ」

薄手のキャバクラ衣装では、どうしたって局部は目立ってしまうものである。新八と銀時は股《こ》間《かん》の膨《ふく》らみを目立たぬように隠しながら、連れだって席に戻ることにした。

果たして一攫千金か、それとも……。そもそもこちらは、女装がバレた時点で打ち首の危険に晒《さら》されてしまうのだ。新八の緊張は、否《いや》が応《おう》にも高まってしまっていた。

かぶき町の裏路地を、土方はひとりで歩く。将軍を狙う不届き者がいるとすれば、必ずこのあたりに潜んでいるはずである。

「まったく、面倒な話だぜ」

土方は、ため息交じりに紫煙《しえん》を吐いた。

命が狙われているというのなら、城で大人《おとな》しくしていてほしいものだ。とっつぁんだって警察庁長官なのだから、そのことは重々承知しているはずだろう。まったく、上の考えていることはよくわからない。

と、その時——。

「痛《いて》っ!?」

不意に、首筋に痛みが走った。首の後ろを触ってみると、ぬるりとした血がついている。

「なんだこりゃあ……」

普通の虫に刺されたにしては、だいぶ痛みが強かった。まるで、吹き矢かなにかを打ちこまれたような、そんな酷い痛みだった。

土方が、きょろきょろとあたりを見回す。人の気配がする。

聞こえてくる足音は、複数人のものだ。

「真選組副長、土方十四郎殿とお見受けする……」

いつの間にか土方は、十数人の男たちに囲まれていた。編《あ》み笠《がさ》で顔を隠し、刀を手にした浪人風の連中だ。こちらの素性《すじょう》を把握しているあたり、大方、真選組に恨《うら》みを持つ攘夷浪士の類《たぐい》だろう。

土方は、ちっと舌打ちする。

「それ見ろ、やっぱり大袈裟すぎたんだよ」

「なにを言っている。貴様、侍でありながら天人に迎合し、甘い汁を吸った売国奴《ばいこくど》が！我ら、攘夷の尖兵《せんぺい》が天誅をくださんっ！」

攘夷浪士にお決まりの台詞《せりふ》を吐き、浪人たちは土方に刀を向けた。

素人同然の構えだ。台詞も陳腐なら、剣の腕も凡庸《ぼんよう》ということか。一対多数とはいえ、こんな雑魚《ざこ》ども、土方の敵ではない。

「こっちは将軍守りに来てんだ。すまんが、今夜はひとり残らず斬らせてもらう──」

土方が腰の刀に手をかける。

「行くぜェェェェェェ！」

土方が一足飛びに正面の男の懐《ふところ》に入る。ここで抜刀し、すかさず切り伏せる……。はずだったのだが、なぜか土方の身体はその意に反し、信じられない行動を取っていた。

「──すいまっせェェェェェェん！」

土下座。誰が見ても完璧《かんぺき》な、スライディング土下座である。

土方はあろうことか、敵の目前で両手と頭を地面に擦《こす》りつけてしまっていたのだ。

「…………」

攘夷浪士たちは絶句していた。無理もない。真選組〝鬼の副長〟が、敵に向かって気合い一発、土下座をかましたのだから。

しかし、驚いたのは彼らだけではなかった。この事態に最も驚愕《きょうがく》していたのは、他ならぬ土方本人だったのである。

──……アレ？　なんだコレ……。

どういうわけか、身体が動かない。まるで地面に縫《ぬ》いつけられているかのごとく、土下座の姿勢のまま固まってしまっているのである。

――な、なにやってんだ、俺!?　身体が勝手に……!?

しかし、自由に動かせないのは身体だけではなかった。

「すいまっせェエエエエん！　命だけは！　命だけは助けてくださいィイイ！　草履《ぞうり》の裏でもなんでも舐《な》めますんでェエェ！」

――く、口が勝手に……!?

いったいなにが起こっているというのか。意図しない台詞が、口をついて出てしまう。普段の自分であれば、こんなヘタレな台詞は死んでも口にしないだろう。

情けない土方の姿を目の当《ま》たり《あ》にし、攘夷浪士たちは「ぎゃははははは！」と腹を抱えて笑い始めた。

「誰だ、このヘタレはァア！」

「あの土方十四郎が!!　あの鬼の副長として恐れられる男が、なんたる様《ざま》だァ!!　ブワハハハハハハハ!!」

男たちの哄笑《こうしょう》は止まらない。これまでの腹いせとばかりに土方を取り囲み、殴《なぐ》ったり蹴《け》ったりと、好き放題の狼藉を始めてしまう。

――どういうことだ。意味が……意味がわからねえ……！

「なんだか知らねえが、絶好の機会だ！　今まで散々世話になった分、キッチリ返させてもらうぜ！」

「オラオラッ！　草履の裏を舐めやがれェェェェ！」

頭を踏みつけられ、さすがに堪忍袋《かんにんぶくろ》の緒も切れる。

「て、てめェェェェェ！」

土方の迫力に気圧《けお》されたのだろう。浪士たちは「ひいィ」と一歩後ずさる。

——なにがなんだかわからねェが、俺がこんなところでやられるわけが……！

土方は意思の力を振り絞り、なんとか上体を起こす。かろうじて右手を動かすことくらいはできるようだ。

そう。刀さえ抜ければ、こんな雑魚ども物の数ではないのだ。

「………!?」

しかし、土方が苦心して引き抜くことができたのは、腰の刀ではなかった。懐に収めていたはずの財布である。

またしても土方の口は、勝手に命乞《いのちご》いを始めていた。

「あの、これくらいで勘弁してください。三千円ありますんで。あ、ＴＳＵＴＡＹＡのカードは勘弁してください。ＤＶＤ借りれなくなっちゃうんで……」

唐突に財布を差し出した土方に、戸惑っていた浪士たちは声を張り上げた。

「びっくりさせんじゃねェェェェェェェっ！」

「大人相手に三千円ってどういうことだァァァァ!?」

財布が取り上げられ、再び暴行が始まってしまう。

蹴られ殴られ、土まみれになる中で、土方は困惑していた。

――ダメだ……。俺は……完全にイカれちまってる……。

第二章

部下のひとりが絶体絶命の危機に陥《おちい》っていることになどまるで気づかず、松平片栗虎《まつだいらかたくりこ》は、キャバクラ『すまいる』で陽気な声を上げていた。

「将軍様ゲームぅぅ、はっじめるよ～!!」

将軍様ゲーム……聞き慣れない単語に、新八《しんぱち》は眉をひそめる。

「ルールは簡単。将《しょう》ちゃんが将軍だから、王様を将軍って変えただけ～」

要するに、王様ゲームのことらしい。数本のくじを用意し、その中から〝将軍〟を引いた者が様々ないやらしい命令（拒否不可）を下《くだ》すことができる大人《おとな》のゲームである。

楽しげな様子《ようす》の松平の隣で、お妙《たえ》は苦笑《にがわら》いを浮かべていた。

「まあ、松平さんったら。またエッチなこと考えて」

「いや、今夜は俺ァ司会だ。将ちゃんと若いもんだけで楽しんでくれや」

いつの間に準備していたのか、松平が割《わ》り箸《ばし》の束《たば》を取り出した。あの一本ごとに番号か、〝将軍〟の文字が書かれているようだ。

「将軍、と書いてある割り箸を引いた者が――」

松平の説明を遮《さえぎ》るようにして、新八が口を挟んだ。

「松平様、そのお仕事、私にお任せください。わざわざお手を煩《わずら》わせたくございません」

「ん？　気が利《き》くねェ、お下げ眼鏡《めがね》ちゃん」

松平は新八に、「はい」と割り箸の束を手渡した。よし、計画通り……。

新八はただ、厚意から手伝いを申し出たわけではない。すべてはこの将軍様ゲームをコントロールし、将軍を思う存分楽しませるため。ひいては今回の仕事を成功させ、一攫千《いっかくせん》金《きん》を狙うためである。

銀時《ぎんとき》も新八の意図に気づいたのか、満足そうに頷《うなず》いている。

（いいぞ新八！　〝将軍〟の棒を将軍にっ！）

新八は、手にした束の中で〝将軍〟の字が書かれた割り箸を、一番目立つような形に細工しておくことにした。その一本だけ、特に引きやすいよう飛び出させたのだ。

――よーし、将軍！　引いてェェェェ！

将軍の眼前に、細工した束を突きつける。これなら将軍は自然に〝将軍〟の割り箸を引けるはず。命令ごっこを思うさま楽しんでもらえるだろう。

しかし、そんな新八の目論見《もくろみ》は甘かった。新八の持つ割り箸の束に、お妙、神楽《かぐら》、さっちゃんが、我先にと全力で殺到してきてしまったのだ。

「!?」

この女連中は、最初から接待をする気などさらさらないのか。

「「「うおりゃァァァァァァ!!」」」

神楽が新八の顔面を殴《なぐ》り、そんな神楽にさっちゃんがエルボーを決める。お妙など松平の頭を踏みつけ、その勢いで飛びこんでくる始末だ。哀《あわ》れ警察庁長官は、キャバ嬢の手で気絶させられてしまったのである。

——なんでェェェ!?　なんでそんなマジモードォォォ!?

気づけば、新八の手の中には割り箸が一本のみ。ハゲタカのような女連中に、いつの間にか奪い取られてしまったらしい。

——は、速いっ!　将軍の棒はどこに!?

周囲を見回す新八の耳に、「あー、私が〝将軍〟だわ」という声が響いた。

声の方を見れば、銀髪ツインテールの女装男が、〝将軍〟割り箸を持ってドヤ顔を浮かべていた。銀子《ぎんこ》こと、銀時だ。

——さすが銀《ぎん》さん!　空気を察知していち早く〝将軍〟の棒を!　でも、銀さんが将軍じゃ意味が……。

訝《いぶか》しむ新八だったが、銀時にはちゃんと考えがあったようだ。

「じゃあ、四番を引いた人、下着姿になってくださーい」

そうか、と新八は得心する。この命令であれば、たとえ〝将軍〟でなくても、この場にいるだけで視覚的に美味《おい》しい。

――これで将軍に楽しんでもらうことができるってわけだ！　さすが銀さん！

ではこの場で下着姿になってしまう気の毒な人は誰だろう……と、新八が周囲に目を向けると、いそいそと着物を脱ぎ捨てている将軍・徳川茂茂《とくがわしげしげ》の姿が目に入った。

そう。幕府最大権力者たる将軍・徳川茂茂は今、哀れにもブリーフ一枚の姿に成り果てていたのである。

――将軍かよォォォォォォォォ！

新八は銀時とふたり、心の中で絶叫してしまう。

「ヤベーよ。なんで四番引いちゃったんだよ、バカ将軍。怒ってるよ、絶対怒ってるよアレ」

半裸の将軍は、まったく表情を変えない。しかつめらしい表情のまま、散らかったテーブルの上にじっと視線を落としている。その精悍《せいかん》な表情と白ブリーフが、なんとも奇妙なコントラストを呈《てい》していた。

「しかも、よりによってもっさりブリーフの日に当たっちゃったよ。恥の上塗りだよ」

「将軍家は代々、もっさりブリーフ派だ」

突然口を開いた将軍に、銀時はばつの悪そうな表情を浮かべる。

「やべぇよ。聞こえてたよ。なんで代々ブリーフなんだよ」

新八が小声で「とにかく」と提案する。

「早いとこあのパンツ姿を元に戻してあげないと打ち首獄門《ごくもん》ですよ」

「俺かお前が将軍の棒を引いて――」

銀時がそう言いかけたところで、お妙が喜びの声を上げた。

「やったァァァ!! 今度は私が〝将軍〟!」

その脇では神楽が「またハズレアル!」と悔しがっている。

――えええええ!? なに勝手に二回戦始めてんの!

こちらの内心の焦りなどまるでお構《かま》いなしであるかのように、お妙は〝将軍〟の命令内容を考えているようだ。

「どうしよっかな……。じゃあ、三番の人がこの中で一番寒そうな人に着物を貸してあげるー!」

お妙の告げた命令に、新八は「なるほど!」と膝《ひざ》を打った。その命令なら、ブリーフ一枚の将軍に、自然な流れで服を着せてやることができる……!

――姉上ェェェ！　そんな風に見せて、わかってたんですね！　事情をすべて把握していたんですね！　さすがだっ！

お妙が新八に、ウインクをしてみせる。「大丈夫」という意味だろう。なんだかんだお妙もプロのキャバ嬢だ。お客さんのことを第一に考えていたということか。

しかし、運命の神様はイタズラだった。三番を引き当てたのは、またしてもあの男だったのである。

――将軍かよォォォォォォォォォォ!!

将軍は、自《みずか》らの身につけていた唯一の着物（＝もっさりブリーフ）を、さっちゃんの頭に被《かぶ》せた。確かに、さっちゃんのボンテージ姿は少し寒そうに見えなくもない。

まあ、全裸の将軍の方がよっぽど寒いのは間違いないだろう。今や将軍の身体《からだ》を守るのは、股間《こかん》部に施《ほどこ》されたモザイクのみであった。

「やべえよ。この映画、頭からモザイク映像、目白押しだよ。また中国で公開される時にカットされるよ」

銀時が将軍の股間に目を落とし、眉をひそめた。

「しかも将軍、あっちの方は将軍じゃねーよ。足軽《あしがる》だよ」

「将軍家は代々、あっちの方は足軽だ」将軍が顔色を変えず、答える。

「ヤベーよ、聞こえてたよ。もう一〇〇パー打ち首獄門だよ」

銀時の失礼さも大概《たいがい》だったが、さらに将軍に追い打ちをかける者がいた。先ほど頭にブリーフを被せられた、さっちゃんである。

「ちょっとこれ、臭《くさ》いから脱いでいいですか？」

気持ちはわからないでもないが、将軍が恥を忍んで脱いだブリーフに対してその言い草は酷《ひど》い。言われた当人など、目尻に雫《しずく》を溜《た》めてしまっているではないか。

新八は「ちょっとォォォ!!」と悲鳴を上げた。

「将軍、涙目になってる！　泣いてるよね！　絶対泣いてるよね、アレ!?」

「オイオイ、もうこうなったら逃げるしか――」

銀時が席を立ち上がろうとしたその時、神楽が叫んだ。

「来たァァァ！　私、将軍アル――っ！」

「また勝手に!?」新八は耳を疑った。もうこの連中、やりたい放題である。

どうせ神楽のことだから、とんでもない無茶ぶりをしてくるに違いない――一瞬、新八は身構えたのだが、

「五番の人！　コンビニでブリーフ買ってくるアル――っ！」

なんと、その命令はとても慈悲深いものだった。全裸になってしまった将軍のための、

ナイスアシストだ。

新八は思わず、銀時と共に「神楽ァァァァ！」と歓喜の声を上げる。

「さすが万事屋《よろずや》の一員だ！　空気を察知してたんだね！　ありがとう！」

しかし、二度あることは三度あると言うべきなのか……五番を引き当てたのは、またしても彼であった。股間にモザイクを当てられたまま、「買ってくる」と席を立ち上がった男の背中には、もはや哀愁しか感じない。

「やっぱり将軍かよォォォォォォォォ!!」

銀時と新八は、声を合わせて悲嘆にくれた。

店から離れた路地裏では、土方《ひじかた》が苦悶《くもん》の声を漏らしていた。

「どうした、オラオラッ！」

どういうわけか身体を思い通りに動かすことができず、攘夷《じょうい》浪士に袋叩きにされてしまっていたのである。普段ならこんな雑魚《ざこ》ども、物の数ではないはずなのに。

浪士のひとりが、腰の刀を抜き放った。ついに土方にとどめを刺すつもりなのだろう。

——ダメだ。このままじゃ、殺《や》られる……！

土方の首をめがけ、白刃《はくじん》が振り下ろされようとするその瞬間だった。

「おい」

背後から、何者かの声が聞こえた。

身につけているのは、真選組《しんせんぐみ》の黒制服。男はおもむろに刀を抜き放ち、浪士たちに斬りかかった。

とてつもない手練《てだ》れだった。まさに電光石火の剣捌《けんさば》きである。その男はまるで赤子の手を捻《ひね》るように、浪士たちを次々と斬り捨てていく。

十数人いたはずの浪士たちは、誰ひとり太刀《たち》打《う》ちできずに倒れてしまった。

見慣れた後ろ姿に、見慣れた太刀筋……。そう、土方はこの男の顔をよく知っていた。

「お、お前は……」

眼鏡をかけた端正な顔が、浪士たちの返り血に染まっている。スマートな体格に細面《ほそおもて》、真選組らしからぬインテリ風な容貌《ようぼう》は、最後に会った時からさほど変わってはいない。

男は首に巻いた白タイをほどき、それで刀についた血を拭《ぬぐ》う。相変わらず、反吐《へど》が出そうなほどに気障《きざ》な仕草である。

地面に這《は》いつくばる土方に向け、冷たい視線を向けた。

「真選組隊士が浪人ごときに襲われていると思い、駆けつけてみれば……こんなところでなにをやっている。土方君」

伊《い》東《とう》鴨《かも》太《た》郎《ろう》。

それは土方にとって、こんなところで絶対に見たくもない男の顔だった。

真選組屯所《とんしょ》の道場広間に、近藤《こんどう》の声が響いた。

「伊東鴨太郎君の帰陣を祝して、かんぱーい!!」

長らく幕府方へと出向していた隊士、伊東鴨太郎が、本隊に戻ってきた。それを祝うため、真選組屯所では急遽《きゅうきょ》、宴会が催《もよお》されることになったのだった。

急な宴会とはいえ、盃《さかずき》を掲げる隊士たちはみな楽しそうな様子だ。ストレスから解放され、酒や料理に舌鼓《したつづみ》を打っている。

なにしろ、今夜の真選組は大忙しだったのだ。上様のキャバクラ見学の護衛をさせられることになったかと思えば、全裸の上様を追いかけたあげく、なぜか例の万事屋連中とやり合うことになってしまったり。

隊士たちの慰労がてら、こんな宴会を開いても罰《ばち》は当たらないだろう――と近藤は思う。市民を守る警察業務は常に命がけ。たまには息抜きも必要なのだ。

近藤は隣に座る伊東に、徳利《とくり》を向けた。

「いや〜、伊東先生。せっかくの帰陣の日にバタバタとしてしまい、申し訳ない」

「少し聞きましたが、上様に何か……？」盃を片手に、伊東が尋ねる。

「いやいや。松平のとっつぁんの遊びに、ちぃと付き合わされただけです」

近藤がさきほどの一件を伝えると、伊東は「まったく……」と眉間《みけん》に皺《しわ》を寄せた。

「地上で這いつくばって生きる我々の苦しみなど、意にも介さぬ連中だ。日々、強大化する攘夷志士たちの脅威《きょうい》も忘れて、なにをお気楽なことを」

「まあ、善意でやったことでしょうから。ははは」

「近藤さん。あのような者たちが幕府《うえ》にあっては、いずれこの国は滅びるだろう。我々はいつまでもこんなところでくすぶっていてはいけない」

伊東が、真剣な面《おも》持ちで立ち上がった。そのまま周囲の隊士たちを睥睨《へいげい》し、演説するかのような強い口調で語り出す。

「進まなければならない！　僕らはもっと、上を目指して邁進《まいしん》しなければならない！　そしていずれは国の中枢を担う剣となり、この昏迷《こんめい》する国を救うことこそが、この時代の武士として生まれた者の使命だと僕は考える！」

そこで言葉を切り、伊東は近藤の肩に手を置いた。

「そのためならば、僕は君にこの命を捧げても構わないと思っている！　近藤さん、一緒に頑張りましょう！」

素晴らしい意見だ、と近藤は思う。ここまで世の中の事情に精通し、真選組の行く末を案じることのできる仲間はいない。近藤にとってやはり伊東は、仲間である以上に、尊敬すべき対象であった。近藤は、「うん。頑張ろう」と応《こた》える。

もっとも、ここにいる隊士のすべてが近藤と同じ考えというわけではない。近藤が伊東を重用《ちょうよう》することに、戸惑いを覚えている者も少なくはないようだ。

「……しかし、なんで〝先生〟なんて呼ぶのかなァ？　ウチに入って一年ちょいの新参者だよ」

そう言ったのは山崎《やまざき》だった。その隣に座る十番隊隊長、原田《はらだ》も、伊東の扱いについて腑《ふ》に落ちないような表情をしている。

「参謀なんて新しいポストまでもらいやがってよ」

「ま、無理もないか。頭はキレるわ、仕事はできるわ、おまけに北斗《ほくと》一刀《いっとう》流免許皆伝だからな」

「同じ頭がキレるのでも、副長はあくまで戦術家としてだ。政治方面がやれるのは、あの人しかいねェよ」

批判の声もあるようだが、要は慣れの問題だろう、と近藤は思う。

まだ仲間になって日が浅いとはいえ、伊東の能力と情熱は本物である。このまま時間が経てば、きっと皆も受け入れるようになるに違いない。ならばまずは局長たる自分が率先して、伊東が打ち解けられるよう努力すべきだろう。

「いやあ先生、酒の方も強くなられましたなァ」

近藤は徳利を手に、伊東の盃に酒を注《つ》ごうとしたのだが、

「近藤さん……そいつを先生と呼ぶのは、やめてくれねェか」

呼び止める声があった。副長、土方十四郎《とうしろう》だ。

まっすぐに近藤を見つめる土方の目は、心なしか怒気を帯びているように思えた。まるで伊東を敵視するかのようなその言い方に、道場内の隊士たちはすっかり静まり返ってしまっている。

副長がそんなことを言っては、伊東が隊に馴染《なじ》むどころではないだろう。近藤は諭《さと》すような口調で、土方に応えた。

「教えを請《こ》うた者を先生と呼んで、なにが悪い」

土方の眉がぴくりと動いた。近藤の言葉に納得したのかしていないのか、そのまま土方は無言で立ち上がり、宴会の席から立ち去ってしまった。

「………」

歩き去る土方の背中に、伊東がじっと視線を投げかけていた。その視線にはいったいどんな意味があるのか——このときの近藤には、推《お》し量《はか》ることができなかった。

——どうして近藤さんはわからねェんだ。

月明かりに照らされた廊下を歩きながら、土方はひとりごちる。近藤が必要以上に伊東を立てようとしていることが、どうにも腹立たしいのだった。

本来、真選組の舵取《かじと》りは局長である近藤が行うべきものだ。なのに、その近藤は新参者である伊東に心酔してしまっている。伊東の意見を疑おうともせず、すべて採用してしまっているのだ。

真選組は今、伊東に流されている。そう言っても過言ではないだろう。

伊東鴨太郎という男からは、危険な匂《にお》いがする。あの男はなにか邪《よこしま》な目的のもと、最初から真選組を乗っ取ろうとしているのではないだろうか。となると、近藤を籠絡《ろうらく》した今、次に無力化を狙うのはおそらく——。

そこでふと、当の伊東の姿が視界に入った。廊下の向こうから、土方の方へと歩いてくる。切れ長の目が、まっすぐに土方を捉《とら》えていた。

「土方君。君に聞きたいことがあった」

「奇遇だな。俺もだ」

土方と伊東は、すれ違いざま同時に口を開いた。

「君は僕のこと嫌いだろう」「お前、俺のこと嫌いだろう」

奇《く》しくも、お互い考えていることは一致していたらしい。

背を向けたまま、伊東が続ける。

「近藤さんに気に入られ、新参者でありながら君の地位を脅《おびや》かすまでにスピード出世する僕が、目障《めざわ》りで仕方ないんだろ」

「そりゃアンタだろ。さっさと出世したいのに、上にいつまでもどっかり座ってる俺が、目障りで仕方あるめーよ」

両者、もはや敵意を隠そうともしない。当然だ。この男とは、最初から馬が合わなかったのだから。

伊東が「ふふっ」と鼻を鳴らした。

「邪推だよ、土方君。僕はそんなこと考えちゃいない」

「よかったな。お互い誤解が解けたらしい」

「目障りなんて——」

伊東の言葉を、土方が引き継ぐ。「そんな可愛《かわい》いもんじゃねェさ」

互いに考えていることは同じ。両者の関係に決着がつくとすれば、それはどちらかが消えることによってしかなされないだろう。

伊東が振り返り、土方を睨《にら》みつける。土方もまた、伊東を睨み返す。両者が発した言葉は、またしても同じものだった。

「「いずれ殺してやるよ」」

本日の万事屋のアルバイト先は、かぶき町の床屋『髪結床《かみゆいどこ》・結ってちょんまげ』である。

新八は銀時、神楽と共に揃《そろ》いの白衣を身につけていた。手には髪切りハサミ。今の自分たちはどこからどう見ても、この店の理髪師である。

銀時が「あのさぁ」と、口を開いた。

「おかしいだろ。主人が旅行に行くから店番してろって」

「派手な仕事は危険ですから。昨日《きのう》のキャバクラで懲りたでしょ？　こういった地味な仕事でコツコツ稼いでいきましょうよ」

新八が肩を竦《すく》める。

一攫千金のため女装までしたキャバクラ接待だったが、結局お店側からの支払いは微々たるものだった。なにせ、接待するべき将軍様を全裸に剝《む》いた上、コンビニにパンツを買いに行かせるという羞恥《しゅうち》プレイをさせてしまったのだ。わずかでもバイト代が出ただけまだマシだったのかもしれない。

万事屋の財政状況を改善するためには、もっと手堅く稼ぐ必要がある。そういうわけで本日は、この床屋を手伝うことになったわけである。

それは銀時もわかっているはずなのだが……納得がいっていないようだ。

「ううん。違う。俺が言ってんのは、髪を切る免許も持ってねー俺たちが、店を任されることがおかしいだろって言ってんの」

確かに言う通りではある。素人《しろうと》に店を任せて旅行に行っちゃう主人も大概である。

一方、神楽はそんなことなどまるで気にしていないらしい。店の本棚に備えつけのマンガを勝手に開き、悠々自適に過ごしているようだった。

「しかしここ、『ゴルゴ17《セブンティーン》』全巻揃ってるアル。何日でもいられるわ」

「こういう店は休むっていうイメージをつけたくないんですよ。ただ、いるだけでいいって言ってましたから。目の前にカリスマな美容院ができて絶対に客来ないから大丈夫だって」

窓から外を見る。確かに通りの向かい側には、小綺麗《こぎれい》な美容院があった。洒落《しやれ》た看板に書かれた店名は「BI YOU IN」。店の前で若者たちが列を作っているのが見える。

この店の主人が言っていた通り、向こうの美容院にすっかり客を取られてしまっているようだ。

「客来ないなら心置きなく休んどけよ」

銀時が気だるげに呟《つぶや》いた。さすが、普段からやる気のない男は言うことが違う。

その脇では神楽も実にマイペースな調子で、

「アレ？　よく見たらゴルゴ17、18巻だけないアル!?　銀ちゃん、18巻どこアルか？」

「知らねーよ。他の本と混ざってるから、ちゃんと探しなさい」

「新八ィ、一緒に探してヨ」

「もう、神楽ちゃん。僕たち、バイトで来てるんだからね」

新八はため息交《ま》じりに、ふと窓の外に目を向けた。

昨夜も会ったばかりの、見知った顔がいる。真選組の土方と沖田《おきた》だ。

「マズいっ！」

パトロールでもしているのだろうか。連中にこちらの姿を見られてはいけない。なにせ、今の自分たちは無免許理髪師なのだ。また難癖をつけられてしまうのは避けたい。

銀時はとっさに、棚に陳列されていたカツラを手に取った。変装して急場を凌《しの》ごうという魂胆《こんたん》なのだろう。今はそれしかない、と新八も倣《なら》うことにした。

銀時はアフロヘアーにつけヒゲ、新八はハゲヅラ、神楽はオカッパ頭のカツラを装着する。果たして、こんなので誤魔化《ごまか》しきれるのだろうか。外にいる真選組のふたりが、怪訝《けげん》な視線でこちらを見ているのが心臓に悪かった。

「ははは、どうも～」銀時が愛想笑いを浮かべる。

「どうも、お疲れ様でーす」新八と神楽も若干しゃくれ気味で、銀時に続いた。

真選組のふたりはこちらから視線を逸《そ》らし、そのまま歩き去っていく。なんとかうまく誤魔化すことができたらしい。

無事に土方らが歩き去ったのを確認し、三人で「ふう」とため息をつく。

「なんなんだよ。あいつら……」

と、銀時がカツラを外《はず》そうとしたその時だった。店のドアが勢いよく開かれた。

「おーい、ゴルゴ17の18巻、返しに来たぜェ」

マンガ本片手に咥《くわ》え煙草《タバコ》で入ってきたのは、悪役顔の壮年男性だった。これまた昨日のキャバクラで会ったばかりの、警察庁長官・松平片栗虎である。

銀時と新八は「また!?」と目を丸くしてしまう。

「あり？　いねーなァ？」

本来の店の主人を探しているのか、松平がキョロキョロと店内を見渡した。

「……ふむ」

松平の背後から、連れと思われる男が店内を覗《のぞ》きこんだ。その威風堂々とした立ち居振る舞いは、常人のものではなかった。ほっかむりをしていても、なにやら隠しきれない高貴なオーラを漂わせている。そう言えばごく最近、こんな雰囲気を纏《まと》ったお方に会ったことがあるような気もしないでもない。

新八たちは揃って息を呑《の》む。「ま、まさか……」

「片栗虎、ここはなんだ」ほっかむりの男が尋ねた。

「俺の行きつけの床屋だよ。俺のダチに会わせてやろうと思ったんだが、留守らしいわ。仕方ねェ、またキャバにでも繰《く》り出《だ》そっかなー」

昨夜のキャバクラに引き続き、またしても松平の登場である。新八は、嫌な予感をひしひしと感じていた。銀時も「ねえ、なんで？　なんで？」と首を傾《かし》げている。

「どんな髷《まげ》を結ってくれるのだ」

ほっかむりの男が、新八に尋ねた。そこはかとなく威厳に溢《あふ》れたその声色には、やはりものすごく聞き覚えがあった。

「なんで、僕たちの行くとこ行くとこ……」

「これってやっぱり……？」

新八と銀時が、揃って額《ひたい》に冷や汗を浮かべている。悪い予想は当たってしまったようだ。

「結ってくれぬか。余《よ》の髷も」

男が、自らほっかむりを取る。現れた顔は、予想通りの征夷《せいい》大将軍、徳川茂茂のもの。

「将軍かよォォォォォォォ!!」

土方は沖田とふたり、ファミレスの席で対面していた。部下と仲良く昼飯……というわけではない。というか、この沖田《バカ》とプライベートで仲良く飯など食えるはずもない。あく

まで仕事なのだ。

窓の外から、はす向かいの床屋を見張る。店の出口から、松平がひとりフラッと出ていく姿が見えた。

「あらら」沖田が肩を竦めた。「片栗虎のとっつぁん、ひとりで遊びに行っちまいましたぜ。大丈夫かィ、将軍をあんな床屋にひとり預けて」

「俺らがいちゃあ、町民の本当の姿が見れねェって言われちゃ、仕方あるめーよ」

ふう、とため息をつきつつ、土方は手元のスマホに目を落とす。昨日に引き続き、土方と沖田には将軍護衛の任務が課せられていたのだった。

本当なら昨夜のように戦車隊を惜しみなく配備し、万全の警備をすべきなのだろう。しかし、どうも将軍本人はそういう物々しい警備が好きではないらしい。そこでやむなく、土方と沖田がこうして陰《かげ》ながら護衛をすることになったのだった。

普段の土方ならば、少人数での護衛でも十分こなせる自信がある。だが今は、一抹《いちまつ》の不安があるのを否《いな》めない。昨夜、攘夷浪士たちに囲まれたあたりから、どうにも身体の様子がおかしくなってしまっているのだ。これで有事の際、果たして上様を守りきれるのだろうか――。

「どうしちまったんですかい、そんなもん観て」

沖田が、土方の手にしたスマホに視線を向けている。

「あん？」と画面をよく見てみれば、知らないうちにアニメ動画が再生されていた。フリフリのアイドル衣装を着た女の子たちが、キャッキャウフフと元気にダンスをしているアニメだった。

「うおっ!? いつの間にこんなものを……」

土方のスマホで再生されていたのは、巷《ちまた》で流行《はや》りの美少女アニメ『ラブパンク』である。どうして自分がスマホでこの動画を再生していたのか。土方自身、まるで見当もつかなかった。

「困りますぜ、あんた、昨日から局中法度《はっと》を破りまくりだ。土方さん、あんたが取り決めた決まりですぜ？」

土方を小馬鹿にするような態度で、沖田が鼻を鳴らす。

「朝の訓示の会で携帯鳴らして、おかしなアニメのフィギュア発注するわ。攘夷浪士の拷《ごう》問《もん》でアニメの話が盛り上がって、そのまま解放したらしいじゃねェですか。それと……もうみんな知ってますぜ、昨夜の件は」

「だろうな。あの伊東が喋《しゃべ》らねェわけがねえ」

土方の脳裏に、伊東の冷たい視線が蘇《よみがえ》る。あの男は邪魔な土方を押しのけ、真選組を牛《ぎゅう》耳《じ》ろうとしているのだ。土方の汚点ならば、喜んで周《まわ》りに吹聴するだろう。

この厄介《やっかい》な時に、俺の身体はどうしちまったんだ——と土方は頭を抱える。

「ふと気づくと別の人格に入れ替わってやがる。……いや、あれは別の人格なんかじゃねエ。人が誰でも持ってるヘタれた部分が、なにかがきっかけで目覚めてるんだ」

「なに言ってるんですかィ。土方さんは元々ヘタレでしょ」

「……そうだね。僕なんか元々ヘタレなんですよ」

まただ。また、口が勝手にヘタレた台詞《せりふ》を喋ってしまっている。沖田なんかに敬語を使うつもりなど、一切なかったのに。

「アララ。こいつはホントに調子がおかしーや」

沖田は半笑いである。不調に苦しむ土方を見るのが楽しくてしょうがない、という様子である。どこまでもドSな部下だった。

「するってェと、なんですかい、近藤さんと夜遅くに喧嘩《けんか》したのも、その〝なにか〟が原因ってわけですかィ?」

「いや、それは……」土方が言葉を切り、昨夜の近藤との会話を思い出す。「まあ、そうだといいんだがな」

近藤と口論になったのは、昨夜の宴会が終わったあとのことだった。土方が、伊東について一言もの申したのがきっかけである。

「――伊東先生が、真選組を乗っ取るとでも？」

土方の話を聞き、近藤が眉をひそめた。険《けわ》しい仏頂面《ぶっちょうづら》をしているあたり、近藤が納得していないことは明らかだった。

「さあ。わからんが、あんたと対等、それ以上の振る舞いをしているのは確かだよ」

伊東は今、近藤に代わって真選組の舵取りをしようとしている。これまで近藤に付き従ってきた自分たちにとって、それは到底納得できることではない。このままでは真選組は、真っ二つに分かれるか、完全に伊東に乗っ取られるか、どちらかの末路を辿《たど》ることになるだろう。

しかし土方がそれを説いても、近藤は首を横に振るだけだった。

「トシ。俺は、伊東先生は真選組にとって必要な男だと思っている」

伊東の知識や政治力、人脈は、他の誰にも代替できないものだ、と近藤は言う。尊敬できる能力を持っている以上、敬意を払うのは当然。なのにそんな人物を家来のように扱うのはおかしい――と。

ちっ、と土方は舌打ちする。この近藤という男は、昔からこうなのだ。一度仲間と認めた人間を、決して下に見ることはしない。愚直なまでに対等であろうとする。それは、土方や沖田らに対する振る舞いでも同じだった。

それが近藤の魅力であることは十分に理解している。しかし、そこにつけこんでくる者がいる以上、土方としては黙っているわけにはいかないのだった。

「近藤さん……！　あんたはなにもわかっちゃいねえ！　組織は綺麗事だけじゃ動かせねェ！」

しかし、いかに土方が声を荒らげようと、近藤の考えを変えることはできなかった。結局話は平行線のまま収拾がつかず、昨夜は喧嘩別れに終わってしまったのである。


そして、今日に至る。

今夜こそは近藤を説得したい。そう考えている土方だったが、同時に、今の自分にそれが可能だろうか、という疑問もある。

なにせ時間が経つごとに、ますます自分が自分でないものに変わっていくのを感じるのだ。今だって、『ラブパンク』の続きを観たくてたまらないのである。

「へェ……なにが原因なんですかねェ」

ヘタレ化してしまった土方が物珍しいのだろう。沖田は向かいの席から身を乗り出し、しげしげと覗きこんできた。

「強《し》いて言えば、昨日、見回りの最中、妙な虫に刺されてから、ずっと首が痛《いて》ェ」

「へえ、どれどれ」

沖田が席を立ち上がり、土方の背後に回った。なにか腫物《はれもの》でもできているのだろうか。

「なんだこりゃ」と目を丸くする。「ヘタレ虫って新種ですかね」

原因が不明では、対策も取れない。こうしている間にも、伊東は真選組乗っ取りのために着々と動いているというのに、歯がゆいばかりである。

いったい自分はこれからどうなってしまうのか――土方は舌打ちした。

「護衛は俺に任せて、お前は帰れ。あんまり一緒にいると、伊東に目をつけられるぞ」

「じゃ、お言葉に甘えて」

沖田が席から立ち上がり、ファミレスの出口に向かった。しかしその途中、「あ」と立ち止まり、土方の方を振り向いた。

「土方さん、ちょいと頼みたいことがあるんですけど」

沖田が意味ありげに、にたりと笑《え》みを見せた。

こいつがこういう顔をする時は、なにかよくないことを企んでいる時に決まっている――。土方の胸に、暗雲が垂れこめた。

危機に陥っていたのは土方だけではない。床屋内の万事屋一行も、ある意味大ピンチに陥っていた。

散髪台に座った将軍の背後で、銀時が戦慄の表情を浮かべている。

「しょ、将軍の頭を散髪？　免許もないのに？」

新八も息を呑む。「これ、少しでもミスったら……」

「三人揃って打ち首獄門」

銀時が呟いた無慈悲な未来予想図が、新八にはありありと思い描けてしまった。カラスのたかる河原で、無造作に並べられた銀時、新八、神楽の生首……。決してありえない未来ではない。少しでもハサミの扱いを間違えれば、打ち首確定なのだ。あまりのプレッシャーに、喉の奥から酸《す》っぱいものがこみ上げてくるのがわかる。

気づけば新八は、傍《かたわ》らのバケツの中に、

「おェェェェェェ!!」

盛大にリバースしてしまっていた。

突然の新八の痴態に、銀時が「吐いたァ!?」と声を裏返らせる。

動揺する新八や銀時とは対照的に、神楽は冷静のようだ。

「情けないアルな。将軍だかなんだか知らないけど、生えてる髪はみんな一緒アル。私が行くネ」

「え、行くの?」

躊躇《ちゆうちよ》する銀時を後目《しりめ》に、神楽はハサミを手にさっさと将軍のところへと向かってしまう。

さすが宇宙最強の戦闘民族、怖いもの知らずだ。

「いらっしゃいませヨ~。今日はどんな髪型にしますネ? 角刈《かくが》りアルか? ツーブロックアルか? それとも——」

と言いかけたところで、神楽の口から盛大にゲロが噴射された。昼に食べたラーメンやらなにやらが混じり合った、最低の汚物が床にぶちまけられる。

「ぎゃあああああああ!?」

銀時と新八が、揃って悲鳴を上げた。少しは頼りになるかと思いきや、やはり神楽は神楽だった。少年ジャンプ最強のゲロイン（ゲロを吐くヒロイン）だ。ギリギリ将軍にかからなかったのが、不幸中の幸いである。

銀時が神楽の首根っこをつかみ、店の倉庫へと連れていく。

「なにをしてんだテメーはァァァ!!　死にてェのかァァァァ!!」

「新八のが匂ってきたネ。もらっちゃったアル」

「もらっちゃうなよ！　将軍にかかったらどうするつもりだよ！」

そうやってこそこそ話していたのが不審に思われてしまったのだろうか、席の方から将軍が訝しげに声をかけてきた。

「髷を結い直してくれるか。上のところを綺麗に剃《そ》って……」

「は、はーい、わかりました……」

銀時が怯《おび》えたような声で返事をする。そのまま新八らに向き直り、小声で続けた。

「……おい。剃れってよ。上剃って、髷を結い直しだよ。誰が剃るんだよ」

「僕は手の震えが一向に止まりませんので、辞退させていただきます」

新八が首を振る。たかが十六歳の少年のメンタルでは、打ち首獄門のプレッシャーには耐えきれない。

「私がやるネ」

またしても自ら名乗りを上げた神楽に、銀時は「マジで?」と一瞬顔をしかめた。しかし、この状況で他に頼れる者もいない。

やや仕方なさげに、「もうゲロ吐くなよ」と、神楽を送り出すのであった。

「任せるアル」神楽が足取り軽く、将軍の席の背後についた。「それじゃ、シェービングクリームを塗っていきますネ～」

神楽が手のひらにクリームをひとすくいし、それを丹念に将軍の頭に塗っていく。ムラなく全体にクリームを塗っていく神楽の手際は、まずまず良いと言える。

「なんだか手慣れてますね。お父さんの髪でも切ってたんですかね」

「ああ、そういう可能性あるね」

銀時はしたり顔で神楽に近づき、「いいよいいよー」と声をかけ始めた。後輩を指導する熟練理髪師気取りなのだろうか。

手持ち無沙汰《ぶさた》なのもなんなので、新八も一緒に近づいてみることにする。

悲劇が起こったのは、そのときだった。

ぽとり、と床に、なにか黒いものが落下したのである。

手のひらサイズで細長い、なにやら柔らかそうな物体だ。人間の髪の毛の塊《かたまり》にも見える。

神楽が剃り落としたもののようだった。

ひょっとしてこれは、絶対に剃り落としてはいけないものだったのではないだろうか。

非常に悪い予感がする。

「これ……なんだろ」

新八が銀時の顔色を窺《うかが》う。銀時も「なんだろうね」と現実から目を逸らそうとしていた。

「これ、多分アレですね。将軍の――」

新八が言い終わらないうちに、銀時が動いていた。床に落ちた「その物体」を即座に拾い上げ、店の外に向けてブン投げたのである。まるで大リーグボール二号のごとき、思い切りのいい投球フォームであった。

銀時はくわっと目を見開き、新八に向けて怒鳴る。

「バッキャロォォォ！　掃除くらいちゃんとしておけェェ!!　ゴールデンレトリバーのウンコ、落ちてただろーがァァ!!」

「いや、違うだろォォォ!?」新八は悟った。この男、勢いで誤魔化す気だ。「今の、完全に将軍の髷だったよね!?　光の速さで証拠隠滅《いんめつ》したけど、完全に剃り落とした髷だったよね!!」

「違う！　今のは純然たるゴールデンレトリバーのウンコだ!!　色、大きさ、その他もろもろエトセトラ！　ゴールデンレトリバーのウンコ以外の何物でもない！　それ以上でも以下でもない!!」

「だからゴールデンレトリバー、どこにいるんだよ!!」

さすがの銀時も状況のヤバさに平常心を失っているのだろう。冷や汗を浮かべながら、落ち武者頭になってしまった将軍に目を向ける。

「だ、大丈夫だ！　絶対に大丈夫だ!!　少し短くなっただけだろ！　毛先を揃えただけだろ！　結えるよ。まだまだ結えるよ、髷！」

銀時はひきつった表情のまま、「それでは結わせていただきまーす」と、将軍の後ろ髪をつかんだ。髷を結うにはどう見ても短すぎる気がする。銀時は本気でできると思っているのだろうか。

「全然髪の長さ、足りないじゃないですか！　全然無理ですって！」

「余裕だよ！　もう少し、こうやって、引っ張ってェェェ！」

銀時は畑のネギでも引っこ抜くように足で将軍の頭を押さえ、後ろ髪を無理やり引っ張り上げた。無茶をしているのは明らかだ。引っ張る勢いが強すぎるあまり、将軍の顔の皮膚もヤバイ感じに突っ張ってしまっている。

「あああああ!?　ぎ、銀さん！　将軍、泣いてるぅぅぅ！　将軍、限界突破！　限界突破です！　やめたげて！　お願いだから、やめたげて!!」

しかし銀時に躊躇はなかった。限界まで将軍の後ろ髪を引っ張り、ついに無理やり髷を結うことに成功したのである。

「ハイ、結えましたよ」

なんとか髷を結うことはできた。できたものの……将軍の顔面は酷いことになっていた。目も鼻も口も後頭部側に引っ張られ、まるで出来の悪いエイリアンのように変形してしまっているのである。

「いや、人相変わってんじゃゃん！　顔、パッツンパッツンだよ!!」新八がツッコむ。

「アレ？　気に入ってくれたのかな？　笑ってるけど」

「笑ってねーよ!!　皮、吊り上げられてるだけだよ！」

マズイ。このまま将軍を帰してしまっては、自分たちは打ち首獄門待ったなしである。

新八は涙目で将軍に頭を下げる。

「すみませんん！　今すぐ直しますねえ！　少し痛かったですよね！」

「直すって、どーすんだよ！」銀時が声を荒らげた。

「さっき投げ捨てた髷、拾ってきてください！　なんらかの方法でくっつけて、誤魔化して帰しましょう！」

新八がこっそり銀時に耳打ちする。銀時も納得したらしい。「わかった！」と、店の外に飛び出していく。

しかし、勢いよく投げすぎてしまったせいか、どうにも見つからないようだ。

「ない！　髷が……ない！」

周囲をキョロキョロと見渡す銀時に、神楽が「銀ちゃん！」と声をかけた。

少し見ないと思っていたら、いつの間にか外に出ていたらしい。

「持ってきたアル」と、手にはなにやらビニール袋を提《さ》げている。もしかして、髷を探してくれていたのだろうか。

「でかしたぞ神楽！」銀時がガッツポーズを取る。

店の中に戻ってくるなり、神楽はビニール袋の中のモノをトングでつかみ、将軍の頭に置いた。ドヤ顔を浮かべる神楽だったが、新八は「ん？」と違和感を覚えてしまう。

将軍の頭に置かれたモノが、どうにも髷に見えなかったからだ。しかもなぜか、この映画の演出さんの手によって、モザイクをかけられてしまっている。

銀時も同様に訝しんでいるようで、

「ん？　ん？　なんでモザイクなの？　そしてなんか、臭い？」

「やっと探してきたアル。ゴールデンレトリバーのウンコ」

神楽の衝撃発言に、銀時と新八は「なァァァァァァァァァァ!?」と悲鳴を上げた。

一国の主《あるじ》を落ち武者ヘアにしただけに飽き足らず、そのうえ頭にウンコを載《の》せてしまうなんて、このチャイナ娘はなにを考えているのだろうか。こんなことをすれば、万事屋全員の首が飛ぶのはもはや避けられまい。

こうなったらもう、全力で逃げるしかないだろう——新八は、覚悟を決めた。

真選組屯所では、定期的に重役による会議が開かれている。各人の治安維持活動についての報告や、今後の攘夷浪士《テロリスト》の行動予測などが主な議題である。

大広間の上座《かみざ》に座る近藤が、ちらちらと時計を見ながら呟いた。

「遅いな、トシの奴《やつ》。もうとっくに時間は過ぎてるぞ。大事な会議だというのに……」

「近藤さん、いい機会だ。僕はちょうど彼のことを議題にするつもりでいた」

口を開いたのは伊東だ。どことなく刺々《とげとげ》しいその口調に、近藤は眉をひそめる。

「昨日、今日の彼の行動については、すでに諸君も聞き及んでいるだろう。自ら隊士たちに局中法度という厳しい規律を課しながら、彼はこれを幾度も破っている。現に今も、重役会議に遅刻するという失態を犯している。これを野放しにしていては、隊士たちに示しがつかない」

近藤が広間を見渡せば、伊東の言葉に頷いている隊士の姿もあった。

沖田の報告によれば、土方は今日の将軍の護衛すら満足にこなせなかったという。土方が糾弾《きゅうだん》されるのもやむなし、と考える者がいても、おかしくはない。

だが、と近藤は思う。本来の土方《トシ》は、そんな男ではないはずなのだ。

「先生、待ってくれ。トシのことだ。なにか並々ならぬ事情があって……」

「僕はこの会議のことだけを言っているのではない」伊東が強い口調で応えた。「もちろん、彼がこれまで真選組でどれだけの功績を上げてきたか、彼なしでは今の真選組はありえなかったことも重々承知している。だからこそ、あえて苦言を呈《てい》したい」

伊東はそこで言葉を切り、広間を見渡した。大きく息を吸い、強い口調で続ける。

「真選組の象徴とも言うべき彼が、隊士たちの手本とならずにどうする！　彼が法度を軽《かろ》んじれば、自然、隊士たちもそれに倣う！　規律を失った群狼《ぐんろう》は、烏合《うごう》の衆となり果てる！　彼にこそ厳しい処罰が必要なのだ！　近藤さん！　ここは英断を！」

「待ってくれ！　トシは必ず――」

近藤がフォローしようとしたその時だった。突然、ドシャアン、と広間の襖《ふすま》が破られた。

何者かがこの会議場に身体ごと突っこんできたのだ。

「遅れてすみませんでした！　沖田さん！」

それは渦中の人、土方《トシ》である。

「ドラクエ11、下町の小《ち》っさい電気屋でようやく見つけました！　あとワンピースの最新巻なんですけどォ、どこも売り切れだったんですけどォ、そこのコンビニで……」

どうやら土方は、沖田のパシリをやらされているらしい。情けない土方の姿に隊士たちは絶句する。これがあの〝鬼の副長〟か、と。

隊士たちの冷たい視線を浴びたところで、土方は「はっ!?」と目を丸くした。今の今まで、この場が重役会議の場だということに気がついていなかったのだろう。

「し、しまったァァ!! ハメられた……!!」

沖田が伊東と目を合わせ、ニヤリと笑みを浮かべる。

それを見た土方が、悲痛な叫び声を上げた。

「あ、あいつら、組んでやがったァァァァァ!」

あの真面目《まじめ》な土方がなぜこんな変貌《へんぼう》を遂《と》げてしまったのか、近藤にはまるで見当もつかなかった。しかし、それでもひとつだけハッキリしていることがある。

この状況で土方《トシ》をフォローするのは、さすがに不可能だということだ。

銀時は万事屋応接間のソファーに寝そべりながら、バイト情報誌をめくっていた。

「ダメだ。どこにバイトに行っても将軍が来る気がして、やる気が起きねえ」

結局床屋では、報酬を受けとることはできなかった。店番を頼まれたのに途中で逃げ出したのだから、当然と言えば当然ではある。

まったく、金を稼ぐのは難しい。できることなら一生働かず暮らしていきたい。いっそニートになりたい――。

銀時がため息をついていると、ふと、テレビから興味深いナレーションが聞こえてきた。

『ニート問題。引きこもり問題。確実に増え続ける無気力な若者たち。その予備軍と言われる〝オタク〟と呼ばれる存在。今日集まってもらったのは、オタクを自称する一〇〇人の若者たち。果たして彼らは何を思い、生きるのか。果たして彼らは何を思い、引きこもるのか。その素顔に迫ります』

画面に表示された番組名は、〝オタクサミット～朝まで生討論～〟。スタジオには、実にそれっぽい格好のオタク男性たちが集まっている様子《ようす》が窺える。

「ヤバイ！　始まってしまったアル！」

神楽が慌《あわ》てた様子でやってきた。なにやらテレビの前で、ガチャガチャと機械いじりを始めている。

「なにしてんの？」

「新八の勇姿を録画してやらないと」

「あー、新八。そういえば今日はバイト行けないって言ってたな、まあ、俺も行く気ないけど」

　はああ、家賃どうするかな、家賃……と、銀時がもう何度目になるかわからないため息をつく。ぼんやりと見ているテレビ画面の中には、アニメのコスプレやらアイドルの名前入り法被《はっぴ》やらを纏ったオタクたちの姿が映し出されていた。真剣な表情を浮かべる彼らの熱量は、だらりと寝そべる銀時とは大違いだ。

『本日は会場に集まってもらった、アニメオタク、アイドルオタク——その皆さんに、ことん話し合っていただきたいと思っております。……それでは、ご意見のある方、挙手を願います！』

　司会の声と共に、最も早く手を挙げた者がいた。法被姿のアイドルオタクである。

『ではまず、一番早く手を挙げた53番さん』

『そもそも、オタクがすべて引きこもりやニートの予備軍だという考え方は改めてほしいですね。僕らの中にだって、ちゃんと働いて社会と向き合って生きてるオタクだっているんです』

　画面のテロップに表示されているのは、〝53番　アイドルオタク　志村《しむら》隊長〟の文字。

法被に鉢巻《はちまき》姿の気合いの入ったオタク少年は、誰あろう、新八である。

あまりに熱っぽく語る新八の姿に、銀時は若干引いてしまう。

「なにやってんの、アイツ……」

「忘れたアルか。新八はアイドル寺門通《てらかどつう》の親衛隊長ネ」

「いや、知ってるけど。こんなに堂々といく感じ？」

画面の中の新八は、なぜか妙に覇気《はき》に満ちていた。万事屋で仕事している時の数十倍生き生きとしている気がする。

よくよく見れば周りのオタクたちにも、かなりの熱がこもっているようだ。

『いや、ていうか、オイラたちは好きなものをトコトン追求してるだけで、別に無気力とかじゃないんですよ』

とあるオタクの発言に、他のオタクたちが『そうだそうだ！』と追随する。会場は早くも盛り上がりを見せていた。

『なるほど、それでは31番さんの意見はどうでしょうか』

司会者が前列のひとりにマイクを向ける。しかし脇から身を乗り出し、マイクを奪ってまで持論を展開しようとする者がいた。新八である。

『オタクを槍玉に挙げて事を僕らのせいにしようとするこの番組の基本スタンスこそが今

の日本の問題を――』

『はいはい、わかりました、わかりました。他の人の意見も聞きたいので』

強気にしゃしゃり出る新八を、司会者がなんとか抑《おさ》えようとする。その姿は、画面越しに見ているだけでこっ恥《ぱ》ずかしい。

「オイオイ、メッチャうっとーしー奴になってるよ。間違いなく視聴者に嫌われるやつだよ、コレ」

司会者の制止を振り切り、新八がなおも叫んだ。

『大体ね！　オタクって一口で一緒にするのはおかしい!!』

「おお、白熱してきたアル！」神楽は妙に楽しそうな様子で、テレビの前の録画機をガチャガチャとやっている。

「いやいや、それ以上やめとけって……」

「早く録画してやらないと！　早く動けこのポンコツ！」

銀時は眉をひそめながら、画面の新八を見つめた。こちとら家賃問題で頭がいっぱいだというのに、コイツはいったいなにを無駄に熱くなっているのか。

『僕らはアイドルっていう一応現実にいる存在を応援しているけれど、意味がわからないのが、アニメとかゲームとか、二次元の女の子に恋している人たちですよね！』

議論に熱くなりすぎたせいか、新八が暴言を吐いてしまう。これにはさすがにアニメオタク側から批難の声が上がったようだ。

『オイ、それどーゆー意味だ！　53番！』

『結局、二次元の女の子に恋焦がれても成就《じょうじゅ》しないでしょ！　それって時間の無駄でしょ！』

『ふざけんなァ！　そのかちゃんは俺の心の中に生きてんだよ！』

新八と二次元オタクたちとの間で、壮絶な言い合いが始まってしまった。ほんと万事屋の恥だなあのメガネ、と銀時が眉をひそめたところで、画面の中のアニメオタクのひとりが声を上げた。

『あ、ちょっと異議があるんだけども、いいかな？』

バンダナに袖《そで》の破れたGジャン、大きなサングラスをかけた男だ。ありていに言って、ものすごくダサいファッションである。モジモジと自分の二の腕をつかむようなそのポーズが、正直キモい。

テロップによれば、この男〝7番　アニメオタク　トッシー〟なる人物らしい。

『あのォー、つまり53番は、三次元オタクは僕ら二次元オタクより現実を見てるって言いたいんだろうけども。じゃあ、聞きたいんだけども、君はアイドルを応援してれば、いつか結婚できるとでも思っているのかな？　もし』

トッシーの的確な反論に、新八は『そ、それは』と口ごもってしまう。

『できないよね？　つまり君ら三次元オタクと二次元オタクは叶わない恋をしているということにおいてさァ、同じ穴のムジナであって──』

『いやいやいやいや、それは違う！　絶対違う！』新八が声を荒らげた。『確かにアイドルと結婚なんてぶっちゃけ無理だよ！　でも一〇〇パーじゃないじゃん！　君らは一〇〇パー無理だけど！』

『いや、ないよね。確実に』

『いや、なくはないよ！　現実に存在しているのだから！』

『いや、そういう分不相応な考えそのものが現実を見ていないなによりの証拠であってさ』

そんなトッシーの見下したような言葉が、アイドルオタクたちの怒りに火をつけてしまったらしい。新八と揃いの法被を着た男たちが、一斉に立ち上がった。

『てめェ！　ウチの隊長に生意気こいてんじゃねェ！』

ひとりのアイドルオタクがアニメオタクにつかみかかり、アニメオタクがそれを突き飛ばす。それが暴動の始まりだった。オタクたちは『うおおおっ！』『だあああっ！』

と雄《お》たけびを発しながら、スタジオ内で殴り合いを始めてしまったのである。

『ああっと！　ここで二次元派と三次元派の乱闘だァァ！』司会者が叫んだ。

画面の中で取っ組み合いをするオタクたちの姿を見て、なぜか神楽は盛り上がっているようだった。

「このトッシーって奴、腹立つアル！　やれやれェ！」

「オイオイ。オタクのケンカとか見てられねーよ」

「結局録画できなかったアル。使えねーな、コレ」

神楽はいまだにガシャガシャと録画機を弄《いじ》っていた。よくよく見てみれば、神楽はDVDプレイヤーのディスクスロット部分に、今は懐かしきVHSのビデオテープを挿入しようとしていたのである。

「サイズ感的にどう見ても入らねえだろ！　どこから持ってきたコレ!?」

銀時は神楽にツッコみつつ、テレビ画面に目を向けた。画面の中では、新八が先ほどのアニメオタク、トッシーの胸倉をつかみ上げているところだった。

こいつらムキになりすぎだろ、と冷めた目で見ていた銀時だったが、トッシーのサングラスが外れたところで「ん？」と身を乗り出してしまった。

トッシーの素顔は、意外にもオタクらしからぬ端正な顔立ち……というか、銀時らにとって非常に見覚えのある顔だったのである。

「アレ？　こいつ、もしかして……」

トッシーの正体は、真選組〝鬼の副長〟土方十四郎だったのだ。

伊東鴨太郎は、真選組屯所の縁側で本を開いていた。目では文字を追いながらも、しかし心は思索に耽《ふけ》っている。思索の内容は当然、自らの「計画」に関する事柄である。予定通り、あの土方《おとこ》は真選組から消えた。局中法度に反した咎《とが》により、無期限の謹慎処分となったのである。

伊東としては切腹にしてやりたいところだったのだが、近藤の強い反対により、こういう結果になってしまった。まったく近藤というのは、つくづく甘い男だ。人を率いる器《うつわ》ではない——と伊東は思う。

まあ、それでも自分が真選組の事実上の実権を握ることができたのだから、十分な成果だとは言えるだろう。着実に計画は進んでいる。

伊東の傍らには、土方を排した功労者とも言うべき男が佇《たたず》んでいた。柱に背を預け、男はじっと庭先を見つめている。

その功労者に向け、伊東は鷹揚《おうよう》に口を開いた。

「意外だったよ、沖田君。君が僕の側についてくれるとは。君らは真選組結成前からの付き合いだと聞いていた。君は完全に土方派だと思っていたが」

「土方派？　そんな派閥があるんですかィ？　今の今まで知りやせんでしたよ」

沖田がさらりと応えた。昔からの仲間をまんまと陥《おとし》れておいて、この厚顔である。この男もこの男で、現在の真選組の中で誰につけば実益が得られるのか、ちゃんと理解しているということだろう。

伊東は、「フフ」と薄い笑みを浮かべた。

「賢い男だ。望みはなにかね？」

「もちろん。副長の座でさァ」それだけ呟き、沖田は縁側を離れ去っていく。

彼の背中に向け、伊東は「その望み、果たすと約束しよう」と告げた。

権力欲が強く、打算的。それでいて有能。沖田総悟《そうご》のような人間は、駒として非常に使いやすい。ああいう男には望む役職を与え、こちらの都合のいいように動かすのが得策だろう――。伊東はそう考えている。

もっとも、背後に控えていた腹心の部下、篠原《しのはら》は、納得がいっていないようだ。

「よろしいので?」

「構わんよ。副長の座など」

「しかし、それでは土方を排した意味が……」

「篠原君。君は僕が副長などという役職を得たいがために土方とくだらん権力争いを繰り広げていたとでも思っているのか」

篠原が眉をひそめる。想定内の反応だ、と伊東は思う。

「君も僕を理解し得ないか、篠原君……。武士にとって、最大の不幸はなんだと思う?」

篠原は答えない。じっと伊東の言葉を待っているようだ。

「それは理解されないことさ」伊東が、ひとりごちるように続ける。「いくら才能を持ち合わせていようと、いくら努力していようと、それを理解されない。それに見合うだけの評価をされない。僕もまた、真の理解者を得なかった」

優秀な人間は一握りである。一握りだからこそ、共感者に出会えることは少ない。しょせん凡愚《ぼんぐ》どもには、優秀な人間の優秀たる所以《ゆえん》すら、理解することができないのである。

「学問所で神童とうたわれていた時も、名門・北斗流で皆伝を得、塾頭に任じられた時も。ついには時流に乗り、攘夷の徒とさえ交わった。だがどこへ行こうとも、僕の器が満たされることはなかった……。それがまさか、こんなところで出会えるとは」

伊東は言葉を切り、屯所を見渡した。

真選組。剣を振ることしか能のない田舎《いなか》者集団の中に、自分が探し求めてやまなかった者との出会いがあるとは思わなかった。

「しかし、僕にとっての最大の不幸は、最大の理解者が敵だったということだ」

土方十四郎。あの男だけが、伊東の内面に燻《くす》ぶる炎を見抜いていた。伊東を危険視し、排除しようと目論んでいた。ある意味において、あの男こそが伊東の渇きを最も満たしていたと言える。

まあ今となっては、もはや過去の話だ。最大の理解者を排してしまった以上、渇きを癒《いや》す手段は多くはない。凡愚どもにも理解できる形で、自らの優秀さを示す他ないだろう。

「土方は消えた。となれば……近藤勲を暗殺し、この真選組を我《わ》がものにする」

空に勢いよく流れる雲を見つめながら、伊東は唇の端を歪めた。

山崎退《さがる》は、真選組の監察方《かんさつがた》――つまり、密偵《スパイ》である。容疑者に張りついたり、敵組織に潜入したりして情報を得るのがその職務だ。

密偵という職務の性質上、腰を抜かすくらい重要な情報を耳にすることもよくある。そんな重要情報を入手した場合でも、いかに平静を保ち、ポーカーフェイスのままでいられるか。それが密偵の資質である……と山崎は常々思っていた。

しかし、さすがに今回は山崎も驚きを隠しきれなかった。なにせ、真選組の屯所の中で、偶然、謀反《むほん》の企《くわだ》てを耳にしてしまったからである。

山崎は屯所の廊下に潜《ひそ》み、聞こえてくる声に耳を澄ませていた。声の主はどうやらあの〝参謀〟伊東鴨太郎である。

「――近藤勲を暗殺し、この真選組を我がものにする」

篠原に向けて告げられた伊東の言葉に、山崎は息を呑んだ。伊東の目的は、最初から局長の暗殺だったというのか。

「やはりあの男……！」

副長が言っていた通りだった。伊東を野放しにしておくのは危険だったのだ。

では、どうすればいいのか。伊東に真選組を掌握《しょうあく》されている今、おいそれと隊内で協力者を募《つの》ることはできない。ここで下手《へた》に山崎が動けば、伊東の一味に勘づかれ、始末されてしまうだろう。

頼れるのは、もはやあの人だけだ。

「副長に、早く副長に知らせなければ……！」

今ならばまだ、伊東の企みを阻止できるはず——。山崎は、急ぎその場を駆け出した。

しかしこのとき山崎は、己《おのれ》が密偵として重大なミスを犯していたことに気づいてなかった。当の伊東は、廊下で聞き耳を立てていた山崎の動きを、すでに察知していたのである。

第三章

万事屋《よろずや》の応接間には、とある客が訪れていた。

さきほど、新八《しんぱち》がテレビ局で殴《なぐ》り合《あ》いをした相手である。相手がまさか知り合いだとは思っていなかったので、新八自身驚きであった。こうして彼を万事屋に連れてきたのは、治療と謝罪のためである。

ソファーの向かいに座ったバンダナ姿の人物に、新八は頭を下げた。

「すみませんでした。まさか、あんなところにあなたがいるなんて……土方《ひじかた》さん」

「いや、いいんだよ」弱々しい笑《え》みを見せたのはトッシー……こと、土方である。「この限定モノのフィギュア『香西《こうざい》そのか　スーパープレミアムシリーズ　1／8スケール』が無事だっただけでも良しとするさ」

土方は、懐《ふところ》から取り出した美少女フィギュアを大切そうに撫《な》で回《まわ》している。そのうっとりした表情には、美少女キャラへの愛がたっぷりとこめられているのだろう。

それは、新八たちの知る〝鬼の副長〟からはかけ離れた姿だった。

銀時《ぎんとき》など、目がすっかり点になってしまっている。

「あの……おたく……？　本当に土方さんですよね？」

「なにを言ってるんだよ～。坂田氏《さかた》」土方が応《こた》えた。

「坂田氏!?」銀時が驚愕《きょうがく》しているようだった。なんだその呼称は。

土方が取り出したのは、真選組《しんせんぐみ》の警察手帳だ。そこには確かに写真入りで、土方の名前が書かれている。

「この通り、正真正銘の土方十四郎《とうしろう》でござる」

「ござる!?」

このバンダナ男が土方本人であるのは間違いないようだ。しかし、このキャラの変貌《へんぼう》ぶりはいったいどうしたことなのか。イメチェン……というには度が過ぎている気がする。というか、完全に別人だ。

「おおっ！　神楽氏《かぐら》！」土方が神楽に目を向けた。「その中華服は〝中華少女パパイヤ〟のコスプレでござるな。うーむ……かなり再現度高いね～。ちょっと写真撮らせてもらってもいいかな？」

きょとん、とする神楽を、土方が「じゃあここでお願いします！」と襖《ふすま》の前に誘導する。そこからの土方は、コスプレ会場のカメラ小僧よろしく、「いくよー！　はい撮るよー！」と大はしゃぎである。「あー可愛《かわい》い！　可愛いぃぃぃぃ！」

神楽の方も満更《まんざら》ではないようで、パシャリパシャリとカメラのフラッシュを浴びながら頬《ほお》を染めている。

「あいつ、なんで照れてんの？」銀時は呆《あき》れた様子《ようす》で撮影会を見つめていた。

土方は「超可愛い」を連呼しながら、神楽を連写している。

「あ、あの、もうちょっと、パパイヤ色《しょく》強めてもらってもいいですか!?」「オウフゥゥ！　パパイヤライン！　パパイヤライン！　パパイヤラインゴージャス！」「パパイヤスケール！　イエアアアア！」「マジ超可愛い！　超可愛すぎる！」「はい、じゃあ次は、千年に一度のヤツ頂いてもいいですかぁ？」

それはもはや真選組の土方のイメージを百八十度変えてしまう、謎《なぞ》のテンションだった。

（神楽も神楽で言われるまま、橋本環奈《はしもとかんな》ちゃんばりの〝千年に一度ポーズ〟をキメているあたり、大概《たいがい》ではあるのだが）。

「あ、ありがとう！　本当にありがとう！　こ、今度あの、『ラブパンク』のコスもして……いい？　そ、そうしてもらえると、拙者《せっしゃ》、嬉しいでござるぅぅぅ！」

土方はハァハァと息を荒くしながら、必死にファインダーを覗《のぞ》いていた。アイドルオタクの新八でさえ引いてしまう勢いである。

それにしても、と新八は思う。なぜ真昼間からこのひとは、あんな番組に出ていたのだろうか。江戸《えど》の治安維持はどうしたのか。

「あの、土方さん」

「なんだい、志村《しむら》氏」

「仕事はどうしたんですか？　こんな昼間からブラついて」

「仕事？　ああ、真選組ならクビになったでござる」

土方の衝撃発言に、新八は思わず「ええええええええ!?」と声を裏返してしまった。

「真選組やめたの!?　なんでエエエェ!?」

「んー。なんかつまらない人間関係とか嫌になっちゃってね〜。危険な仕事だし」

話を聞けば、土方は局長の近藤《こんどう》から無期限の謹慎処分を申しつけられてしまったらしい。

ギリギリ警察手帳を返さずに済んでいるというだけで、事実上のクビである。

「今は働かずに生きていける手段を模索中。働いたら負けだと思ってる」

「ニートだ！　完全にニートの考え方だ!!」

「そうだ、考えたら君たちもニートみたいなもんだろ」

土方にニート呼ばわりされたのが気に障《さわ》ったのか、銀時が顔をしかめた。

「誰がニートじゃ！　いま現在、バイトしまくりの勤労お兄さんじゃ！」

しかし土方はまるで話を聞こうとしない、「そうだそうだ、坂田氏」と、なにを思いついたのか、持参してきた手提《てさ》げ袋の中を漁《あさ》り始めた。

「坂田氏も漫画は好きだろ？　昨日《きのう》から『ラブパンク』の同人誌を描き始めたんだけど」

土方がテーブルの上に置いたのは、妙に厚みの薄い漫画本である。自作感バリバリ。表紙に描かれているのは、流行のアニメを模した絵……なのだろうか。あまりにも人体構造を無視しすぎたその絵は、お世辞にも上手《じょうず》とは思えなかった。ぶっちゃけド下手《へた》クソ。

にもかかわらず、なぜか土方は自信満々である。

「夏のコミケで荒稼ぎしないか？」

「こんなガキの絵日記みたいなもんが売れるかァァ！」

叫ぶ銀時に、新八も同感であった。この男は、いったいどうしてしまったというのか。

「どうしよう銀《ぎん》さん……。人間ってこんな短時間で変わっちゃうもんなんですかね？」

「鬼の副長の面影《おもかげ》もないアル」

神楽の言う通りだ。銀時も「うーむ」と首を傾《かし》げている。

常識的に考えれば、突然こんな性格の変化が起こるものではない。だとすれば今の土方には、常識の埒外《らちがい》の現象が起きている可能性がある。

ならば、常識外《はず》れの知識を持つ人間に尋ねてみるのもいいかもしれない。新八の頭に浮かんだのは、かぶき町に住む変人機械《からくり》技師の顔であった。

かぶき町の郊外に立つ工場、源外庵《げんがいあん》。一見すると屑鉄《くずてつ》やガラクタにまみれた場末の工場にしか見えない場所だが、実はここは江戸随一のテクノロジーを有する天才技師のラボである。戦車やらロボットやら飛行機械やら、彼に作れないものはない。

その機械《からくり》技師の名は、平賀《ひらが》源外《げんがい》。自作のゴーグルを頭につけた、どことなく胡《う》散臭《さんくさ》げな老人である。

「……なるほどじゃな。この首元にね、チップが埋まってるようじゃな。〝ヘタレオタクタイプ〟って書いてある」

源外が、レントゲン写真を見ながら呟《つぶや》いた。土方の首の部分を撮影したものである。

「チップ?」万事屋一同が、揃《そろ》って首を傾げた。

超常現象の解明には、超テクノロジーの使い手に頼るのがベストだ。万事屋一行は、土方が突然オタクと化してしまった原因を探るため、この源外庵を訪れていたのである。

そしてどうやら、その選択は正解だったようだ。土方をオタク化させていた原因は、首筋に埋まっているチップのせいだという。

「天人《あまんと》が一時期、研究開発しとったんじゃ。この国の民《たみ》を支配して、反乱を起こさせぬようにね。なんというか……民の戦闘心を削《そ》ぐというチップ。脊椎《せきつい》の脳神経の集中するところに埋めこんで、そいつを骨抜きにするっていう」

「『しとった』っていうことは……？」

新八の疑問に、源外が「やめたの」と答えた。

「なんで？」と、銀時。

「うーん、なんていうのかな……『数多くね？』っつって。『これ、国民全員分のチップ作るって、数多すぎるやろ』っつって。『せめて攘夷志士《じょういし》の数だけ作る？』みたいな意見も出たらしいんだけど、『だったら殺した方が早くね？』っつって。そしたらみんな『あー』っつって。そしたらみんな、『じゃあチップはやめよっか』って話になったそうじゃな」

なるほど、それは確かに一理ある。いちいちチップを作って埋めこむ手間を考えたら、荒っぽい手段を採《と》った方が楽そうだ。万事屋一同は「わかるぅ」と頷《うなず》いた。

「その研究所から、いくつか持ち出した奴《やつ》がいるって噂《うわさ》は聞いてた。文春《ぶんしゅん》の友達から」

ソースは文春なのか。週刊誌業界トップクラスの情報収集能力なら、信じざるを得ない。

神楽も「さすが文春アル」と深く頷いている。

「それはさながら、ルパンが若かりし頃、カリオストロの城に侵入し、ゴート札を盗み出し、銃で撃たれてクラリスに助けられたごとしなのでござるか?」

トッシーのよくわからないたとえに、源外は「あー、うん」と生返事をしつつ、「なに言ってんのコイツ?」と面倒臭そうな顔で銀時に視線を向けた。

銀時もすでにうんざりしているようで、

「ね? ウザいでしょ? ねえ、そのチップ、早く壊しちゃってよ」

「無理無理~」源外が肩を竦《すく》めた。「だって背骨にチップくっついてるからさ。それ取ろうとしたら近くにある神経までガッツといっちゃうからさ。どんな腕のいい医者でも無理無理~」

そのチップは、外科的な方法で取り出すことはできないらしい。これはなにか別の方法を考えた方がいいのではないか――新八が考えこんでいると、工場の入り口のあたりから、

「やりますよ」という声が聞こえてきた。

声の主の方を見る。髪は半分白髪、黒ずくめのコートの男だった。傍《かたわ》らに、おかっぱ頭にリボンをつけた少女を連れている。少女は舌足らずな口調で「やるのよさ」と胸を張っているではないか。

顔に大きな手術痕《あと》のあるその男は、某手塚《てづか》漫画の登場人物に酷似《こくじ》していた。世界最高の腕を持つ無免許医師、確か名前はブラックなんとか……略してBJだったような。

突然現れたＢＪ氏に、源外が煙たげな表情を向ける。

「ええー、高いじゃんあなた。いくら？」

「二億円」

ＢＪ氏が躊躇《ちゅうちょ》なく告げた。金にガメついのも噂通りらしい。

源外が万事屋一同に向けて「ある？」と尋ねた。

二億円なんて法外な額《がく》、新八たちが持っているはずがない。そもそも万事屋は、今月の家賃すら払えずに困っているのだ。そんなの「ない」と答えるしかないではないか。

「じゃ、ダメだな」「ダメなのよさ」

立ち去ろうとするＢＪ氏の顔を、銀時がしげしげと覗きこんだ。

「『相棒』の鑑識のひとですよね。そして前に、シャアをやったおじさんですよね」

ＢＪ氏は「いやあ」と笑みを浮かべ、そのまま立ち去っていく。

そういえば実写版第一弾でも、マスクを被《かぶ》ったおじさんが出てきていた。あのひと、コスプレが趣味なのだろうか――。新八は首を傾げた。

一方、源外は、土方を見つめ「ううむ」と唸っていた。

「なんか手はないの？　ヘタレを直す手は？」銀時が尋ねる。

「では、あれをやるしかないな」

源外が思わせぶりに呟いた。

ちょうど同じ頃山崎《やまざき》は、ひとり森の中を走っていた。

痛む腕を押さえながら、荒い息を漏らす。屯所《とんしょ》を離れる際、不覚にも何者かに襲われ、負傷してしまったのだ。おそらく伊《い》東《とう》の手の者だろう。山崎の存在は、すでに敵に看破されていたのである。

命からがら屯所から逃げ出すことには成功したが、非常にマズい状況だった。伊東はもう、近藤暗殺計画を実行に移そうとしている。もはや猶予《ゆうよ》はない。

「伊東に……近藤さんが伊東にやられる！　早く、早く副長に知らせないと……副長まで奴らに――」

その時だった。走る山崎の目前に、ひとりの男が現れた。背中に三味線を背負った、痩《そう》身《しん》の男だ。黒のサングラスはスタイリッシュ、頭につけたヘッドホンからはシャカシャカと音楽が漏れている。ミュージシャンのような見た目でありながら、この男からはどこか危険な匂いがする。

「お、お前は……!?」

男は表情を変えず、ゆらりと刀を抜いた。

土方は今、操縦席にいた。身体《からだ》にピッタリ密着したパイロットスーツを着せられ、謎の巨大ロボットに乗せられている。

正面モニターの向こうには、異形《いぎょう》の怪物がいた。どういうわけか自分は、巨大ロボットでこの怪物との戦闘を命じられてしまったのである。ここで怪物を止めないと、人類の未来がヤバイとかなんとか。

急にそんなこと言われても——と、土方は表情をひきつらせた。

「無理だ! 僕にはやれない! 僕はヘタレなんだ」

『こいつじゃダメアルな。パイロットを変えるアル』

基地からの通信画面に現れたのは、サングラスをかけた神楽である。両手を顔の前で組む司令官スタイルで、なにやら偉そうなことを言っていた。

その脇から、『トッシー、行きなさい!』と、銀時が口を挟んでくる。この男もなぜか、ロングヘアのカツラを被り、丈《たけ》の短いジャンパーにミニスカという某お姉さん風スタイルだった。この女装男が作戦指揮官らしい。

「人類の未来は君にかかっているのよ！」

「ダメだ！　怖い！　逃げたい！　どうして僕じゃなきゃいけないんですか！」

『やっぱりダメアル。奴を呼べアル』

神楽が首を振る。期待外れだった、とでも言いたげに、土方から視線を逸《そ》らした。

『ちょっと博士！　あんな奴にやらせないで、あたしにやらせてくださいよ！』

強気な口調で文句を言っているのは、ツーサイドアップの髪型に真っ赤なパイロットスーツを身につけた平賀源外である。オッサンにはなかなか無理のあるコスチュームだった。

強気系ヒロインがいるとなれば、当然無口系ヒロインもいる。制服姿の青髪の少女は、どう見ても新八だった。

制服姿の新八が、顔色を変えずに静かに尋ねる。

『トッシー、やっぱりダメなんですか』

『ダメなんかじゃないわ。彼はちゃんとやれる子よ！　もともと〝鬼の副長〟って呼ばれてたんだから！』

そう言う銀時の脇で、源外が『ふん！』とツンデレ気味に鼻息を鳴らした。

『鬼の副長が聞いて呆れるわ！』

『トッシー、私が代わります』と、新八。

『トッシー！　いつまでウジウジしてるの！　早く攻撃しなさい！』

銀時に急《せ》かされるも、土方の身体は動かない。

「こ、攻撃の仕方なんてわからない……！」

土方が戸惑っているうちに、正面の怪物はこちらに近づいてきてしまう。怪物の腕がこちらのロボを捕らえ、攻撃を加えてくる。

「うわァァァァ!?　僕は逃げる！　僕にはできない!!」

『トッシー、諦《あきら》めないで！』銀時が言う。

『とことんダメな奴アル』神楽が首を振る。

『死んだ方がいい』新八が呟く。

『このヘタレェェェ！』源外が叫ぶ。

「そんなこと言ったって、僕にはなにもできないよ！　僕は戦うのが怖いんだ！　早くアニメが観たいよォォォォ！」

土方が涙を流して悲鳴を上げるも、状況はなにも変わらなかった。ロボットは無抵抗のまま怪物の攻撃を受け、そのまま爆発四散してしまう。

人類の未来は絶望に閉ざされたのだった。

「はあっ……！　はあっ……！」

VR用のヘッドマウントディスプレイを外した土方は、すっかり息切れしてしまっていた。どうもヘタレオタク化は治っていないようだ。

源外が、ううむと首を捻《ひね》る。

「やはりこのチップ、なかなか手強《てごわ》いな。この程度の矯正《きょうせい》では歯が立たんわ。ヘタレを治すには最適なんじゃがなあ」

「USJよりはるかにショボかったですね」

「キャスティングミスがヤバかったアル」

「これ絶対、○○○《ピー》に怒られるヤツだよね」

ヘッドマウントディスプレイを外しながら、新八、神楽、銀時が揃ってため息をつく。

このVRマシンによる矯正をはじめ、思いつく案はひと通り試してみたものの、土方は一向に元に戻る気配を見せなかった。

さすがに万策尽きた。万事屋一行は、揃って肩を落としてしまう。

そんな中、ふと新八の耳に「カチッ」という金属音が聞こえてきた。ふと脇を見れば、土方がライターを取り出している。震える手で、煙草《タバコ》を口に咥《くわ》えようとしているのだ。

「え!? 煙草……!? ってことは、土方さん戻った!?」

「いや、自分でもわかる。こいつが最後の一本だ」

額《ひたい》に汗を浮かべながら、土方が煙草に火をつける。その言動はトッシーではなく、間違いなく元々の土方のものだった。

「これで土方十四郎とはおさらばだ。もう何分もすると俺の人格は完全にこのチップに乗っ取られる」

土方は今、最後の意識を振り絞り、体内のチップと懸命に戦っているのかもしれない。

銀時に向け、強がりの笑みを浮かべてみせる。

「ふふふ……俺もヤキが回ったもんだ。まァ、いい……」

土方が、ふうっと大きな煙を吐き出した。まるで今生《こんじょう》の別れのような表情で、じっくりと最後の一服を味わっている。

「コイツで最後だ。ワラだろうがなんだろうが、すがってやらァ……」

どうしてもこちらになにか伝えたいことがあるのだろう。新八たちは、固唾《かたず》を呑《の》んで土方の言葉を待った。

「いいか。時間がねェ。一度しか言わねェ……。てめーらに、最初で最後の頼みがある」

土方はやおらに跪《ひざまず》き、両手を地面につけた。それから銀時を強く見つめ、しっかりと頭を下げる。

「頼む……。真選組を……俺の……俺たちの真選組を……護《まも》ってくれ……！」

ぐぽっと、山崎の口から血が溢《あふ》れる。目の前の男の刀に胸を貫かれたのである。この男の剣捌《けんさば》き、常人のものではない。まるで反応できなかった。

山崎が男を見上げる。その顔は以前、手配書で見たことがあった。

「お、お前は……伝説の剣豪、河上万斉《かわかみばんさい》……千人斬りの万斉は……実在したのか……」

「今は、鬼《き》兵隊《へいたい》の万斉でござる」

ヘッドホンの男――河上万斉が、山崎の身体から刀を引き抜いた。山崎の胸から零《こぼ》れる鮮血が、地面を赤黒く濡らす。

「鬼兵隊……!?」

鬼兵隊とは、攘夷浪士・高杉晋助《たかすぎしんすけ》が率いる武力組織である。その目的は幕府の破壊。真選組にとって目下、最大の敵と言ってもいい存在だった。その一員が、いったいなぜここに現れたというのか。

混乱する山崎の背後から、伊東鴨太郎《かもたろう》とその配下の隊士たちがやってきた。山崎を追ってきたのだろうか。前門の万斉、後門の伊東。もはや山崎に逃げ場はない。

鬼兵隊と真選組は、テロリストと警察という関係にある。本来であれば、敵同士のはずなのだ。なのに、伊東は万斉に意味深な視線を向けただけで、捕らえようともしなかった。

それだけで、山崎は理解する。

「い、伊東……！　貴様ァ……！　鬼兵隊と内通していたかァ……！」

地に倒れ伏した山崎を見下ろし、伊東が口を開いた。

「山崎君。斬り合いばかりでは世の中は変わらない。僕たちはもっと互いにうまく付き合っていけるはずなんだ。双方の利潤を満たし、均衡《きんこう》を保つためのパートナーとして」

そもそもテロリストがいなければ、警察はいらなくなってしまう——と伊東は言う。だからこそ裏で手を組み、双方が双方にとってバランスのよい活動をすべきだ、と。

警察とテロリストが陰《かげ》で結託し、活動する——。山崎にとってそれは、まるで理解できない理屈だった。江戸に暮らす人々にとって、これ以上の絶望があるだろうか。

伊東が、眼鏡《めがね》をくいと持ち上げた。

「君の上司のようなやり方では真選組はこれ以上強くならない。僕の手によって真選組は生まれ変わるんだ。もっと強く、もっと大きく。そうしてこの伊東鴨太郎が器《うつわ》を天下に示すための方舟《はこぶね》となってもらう」

「やりたきゃやりなよ」山崎は伊東を睨《にら》みつけ、息も絶え絶えに続ける。「アンタの器がどれほどのもんか知らないが、士道も節義も持ち合わせない空っぽの器になんか、誰も入っていかないよ」

山崎はその場から立ち上がろうとしたが、うまく身体に力が入らなかった。だが、それならそれで構《かま》わない。這《は》ってでも逃げるだけだ。

あの人のもとに辿《たど》り着きさえすれば、あとはきっとなんとかしてくれる。これまでずっと、そうだったのだから。

「俺は、土方《あのひと》たちについていかせてもらうよ……。最後まで」

「ふふ」伊東がほくそ笑む。「死ぬ最期《さいご》の時まで土方に知らせようと前進する。それが監《かん》察《さつ》である君の士道だと……？」

伊東が万斉に向き直った。「万斉殿、あとは頼む」

万斉が近づいてくる。とどめを刺すつもりなのだろう。山崎の頭上に、刀を振り上げた。

しかしそれでも、山崎は前に進むのをやめなかった。副長の部下として、ここで諦めるわけにはいかないのだ。

「君には攘夷浪士と戦い、討ち死にした名誉の殉職を与えよう。よかったな。君らの大好きな士道とやらが通せるんだ。上司たちにもしっかりと伝えておくよ」

伊東が山崎に背を向け、言い捨てるように呟いた。

「いや、必要ないか。彼らもすぐに君のところに行くのだから」

それが最後だった。山崎に向け、万斉の刀が振り下ろされたのである。


かぶき町の空には、厚い雲がかかっていた。じめじめした湿った空気が、不快感を煽《あお》っている。よくないことが起こりそうな気配だった。

「真選組の中でなにかが起きてる。おかしなチップを埋めこまれて、それで真選組をクビになって……」

源外のところから戻る道すがら、新八が呟いた。

新八が背後を一瞥《いちべつ》すると、猫背の土方がついてくるのが見える。おどおどして、どこか暗い表情だ。あのあと結局、土方は完全にヘタレオタクと化してしまったのである。

銀時が「さあな」と応えた。

「まァ、なにが起きてようが起きてなかろうが、俺たちには関係ねーだろ。これ以上深入りはよそうや」

「でも、あの土方さんが、よりによって僕らに頼みごとをするなんて……」

真選組を護ってくれ――。土方が告げた言葉には、尋常でなく強い想《おも》いがこめられていた。あれはもう、本来の土方が消える前に残した、いわば遺言のようなものなのだ。

銀時も、それが無視していいものでないことはわかっているはずである。

「あのプライドの高い土方さんが……銀さんとは犬猿の仲であるはずの土方さんが、恥も外聞も捨てて僕らに頼るなんて、よほどのことが――」

ふと、背後を歩いていた当の土方が「あのォ、坂田氏」と声をかけてきた。

「実は今日、レアものの『ラブパンク』フィギュアの販売会なんだけど、一人一個しか売ってくれないんだ。しかし、拙者としては保存用と鑑賞用、そして……デュフフ、実用用と三つ揃えておきたいところでね」

なにを言い出したんだ、このヘタレオタクは。

「そこで諸君らに指令を下《くだ》す！　拙者と一緒に販売会に――」

土方が言い終わらないうちに、神楽のハイキックが彼の顔面に炸裂していた。

「今いい感じで、お前が簡単にもの頼まない話してたんだよ！」新八の拳《こぶし》が唸る。

「恥と外聞捨てすぎなんだよ！」銀時も土方のボディに蹴りを放つ。

「三つ目の実用って何に使うんだ!?　マジキモイアル！」神楽も容赦《ようしゃ》なくドツいていた。

トッシー、いくらなんでも空気読めなさすぎである。

「心配してるこっちがバカバカしいわ！」

新八らが土方を総ツッコミで制裁していると、ファンファンとサイレンの音が聞こえてきた。真選組のパトカーである。

「副長！　ようやく見つけた!!」

真選組隊士が数名、弾《はじ》かれるようにパトカーから飛び出してきた。

「大変なんです！　副長ォ」「スグに……スグに隊に戻ってください！」

誰も彼も、酷《ひど》く血相を変えている。とても不穏な予感がする。新八は「なにかあったんですか？」と尋ねた。

隊士のひとりが、真《ま》っ青《さお》な顔で答えた。

「山崎さんが……！　山崎さんが何者かに殺害されました！」

「や、山崎さんが!?」

新八は耳を疑った。山崎が、屯所の外れで血まみれで倒れていたらしい。

真選組の山崎と言えば、新八もよく知る人物だった。互いに地味ポジション同士、妙にウマが合ったりしたのだが……まさか、あの人が殺されてしまうなんて。正直信じられない。なにかの間違いだと思いたい。

焦った様子で、隊士たちは報告を続ける。

「下手人《げしゅにん》はまだ見つかっておりません」「とにかく一度、屯所に戻ってください！」

隊士のひとりが土方の腕をつかみ、パトカーに乗せようとする。しかし当の土方は「ええ!?」と不安げな表情を浮かべていた。

「でも拙者、クビになった身だし……」

「そんなことを言っている場合じゃないんですよ!!　さっ、早く……！」

隊士たちが、土方を囲んだ。なんだか強引すぎる気もする。しかもどういうわけか、そのうちの幾人かは、刀の柄《つか》を握っているようだ。

「副長も……山崎のところへ……」

あれ、なにかおかしいぞ——新八が眉をひそめたその時だ。隊士たちが一斉に刀を抜き放ったではないか。

土方が「!?」と目を見開く。彼らは最初から土方を亡《な》き者にしようとしていたようだ。

しかし、銀時の反応は素早かった。土方の首根っこをつかみ、脱兎《だっと》のごとく駆け出したのである。さすが、幾度も死線を乗り越えてきただけのことはある。

新八と神楽も、慌《あわ》てて銀時のあとを追った。まずはあの真選組連中から逃げなければ、自分たちまで始末されてしまうかもしれないのだ。

「しまった!! 逃げられた!!」

銀時は土方を引きずりながら、近くの路地に駆けこんだ。多勢に無勢なのだ。とりあえずあの真選組連中と距離を取らなければならない。

だというのに土方ときたら、じたばたと暴れて非常に面倒臭い。

「いたたたたたた!! 坂田氏ィィ!! シャツが身体に食いこんでるぅぅ!! 千切《ちぎ》れるぅぅ!! さながら、ジオングとの戦いで追いこまれたガンダムのように、腕と首が千切れそうだァァァ〜〜!」

「うるせェェェ!! てめっ、黙ってろ!!」

ヘタレ発言にイラッときたのか、銀時が怒鳴った。今の土方は、すっかりお荷物と化してしまっている。これを引っ張って逃げるのも、楽ではなさそうだ。

「ああもう、どういうことですかァァァ!? どうして真選組が土方さんを殺そうとするんですかァァァ!?」

路地を走りつつ、新八が疑問の声を上げる。しかし、その疑問に答える余裕のある者はいなかった。

さきほどの連中が先回りしたのだろう。前方から、真選組のパトカーが猛スピードで突っこんできたのである。

これはヤバい！　轢《ひ》き殺される——と新八は狼狽《うろた》える。

しかし、そんな新八を後目《しりめ》に、勇敢にもパトカーに突っこんでいく者がいた。

「ぬうううううううううう！」

神楽である。なんと神楽は自《みず》らパトカーの前に身を躍《おど》らせ、「ふんごォォォォォ!!」と両腕の力だけでパトカーを止めてしまったのだった。

その衝撃により、パトカーのフロント部分は完全に大破。車一台を素手で止めてみせるなんて、相変わらず神楽の怪力は計り知れない。

「あわばば!?」土方が驚きに目を見張った。「神楽氏!!　すごいよ！　さながらドクタースランプ・アラレ氏の再来のごとく——」

「うるせェェェ！　誰かこいつを黙らせろォォォ!!」

銀時が叫びつつ、神楽が止めたパトカーに躍りかかった。運転席から中のドライバーを引きずり出し、入れ替わりに飛び乗る。

銀時はあろうことかパトカーを強奪してしまったのである。

「ぎゃあああああああああああああ!?」パトカーの車内に土方の悲鳴が響き渡った。

ハンドルを握る銀時に、一切の躊躇はない。フルスロットルでアクセルを踏みこみ、全速力で逃走を図っているのだ。途中、体当たりで何台のパトカーを吹っ飛ばしたのか、新八はもう覚えていなかった。

銀時のやりたい放題は止まらない。今度は、車内に備えつけの警察無線を勝手に使うという暴挙に出た。

「あー、あー、こちら三番隊、こちら三番隊、応答願います。どーぞ」

返答はすぐに返ってきた。『土方は見つかったか?』

無線の向こうの人物は、銀時を本物の真選組隊士だと思いこんでいるらしい。

神楽はにんまりと笑みを浮かべると、すかさず銀時から無線機を奪い取った。

「見つかりましたが、超可愛い上に超強い味方がついてまして、敵《かな》いませんでした。どーぞアル」

『アル?』

　さすがに調子に乗りすぎだと思ったのか、銀時が神楽の頭をドツいた。幸い、無線相手はまだこちらが偽物《にせもの》であることに気づいてはいないようなので、セーフではあったが。

『どんな手を使ってでも殺せ。近藤を消しても土方がいたら意味がない。とにかく近藤を暗殺する前に不安要素はすべて取り除くんだ。近藤、土方が死ねば真選組はすべて伊東鴨太郎に従う』

　無線から聞こえてきた物騒《ぶっそう》な単語に、新八は眉をひそめた。

「近藤さんと土方さんを暗殺?」

『あくまで攘夷浪士たちの犯行に見せかけろ。この段階で伊東さんの計画が露見すれば、真選組は真っ二つに割れてしまう』

　新八はちらりと、土方の表情を窺《うかが》った。顔色が酷く悪い。ヘタレオタク化してクビになったとはいえ、彼なりにまだ真選組を想っているということだろう。

『近藤は予定通り、伊東さんが仕込んだ列車に乗っている』

「え?　どの列車ですか?」しれっと銀時が尋ねる。

『お前ら、話を聞いてなかったのか!?　松平片栗虎《まつだいらかたくりこ》が将軍を連れて箱根《はこね》の温泉に向かったので、護衛に行くと言ってある!』

　新八は思わず、「また将軍んんん!?」と悲鳴を上げてしまった。ここのところ将軍絡《がら》みのトラブルにばかり巻きこまれている気がする。

しかしすぐに『ウソに決まってるだろ』と、無線の声が続く。

『バカな近藤はまんまと騙《だま》されてくれたよ。付き従う隊士はすべて伊東派の仲間。奴はひとりだ。もう近藤は殺《や》ったも同然だ。近藤は地獄へ落ちる』

万事屋一同が顔を見合わせる。現在、近藤は大ピンチに陥《おちい》っているらしい。事態はもはや一刻の猶予もない。

さあ、どうする？　とでも言うように銀時が、土方に目を向けた。

列車の窓の外を、景色がゆっくりと流れていく。江戸から離れたこのあたりには、のどかな田園が広がり、青い山々が連なっている。
伊東の対面には、近藤勲《いさお》が座っている。
近藤はゆったりと座席に身を預け、流れる景色をぼんやりと眺めていた。
「この列車は武州《ぶしゅう》を通るよな……。あそこは俺やトシや総悟《そうご》が生まれ育った土地でね。どいつもこいつも喧嘩《けんか》ばかりしている荒れたところだった」

呑気《のんき》なものだ、と伊東は思う。この車両に乗っている真選組隊士は、皆伊東の息のかかった者たちだ。自分がひとたび合図を送れば、この目の前の男は、つつがなく命を落とすことになるだろう。

ただまあ、最期に慈悲をくれてやるのも悪くはない。死ぬ前にせいぜい、郷愁に浸《ひた》らせてやることにしよう――。伊東は無言で、近藤に話の先を促《うなが》した。

「考えたらやっていることは今も変わらんな。たまに不安になる。俺ァあの頃から、ちったァマシな奴になれたのかって。少しは前に進めているのかって」

「君は立派な侍《さむらい》だ」伊東が応える。「僕は君ほど清廉《せいれん》な人物に会ったことがない。無垢《むく》とも言うのかな……。君は白い布のようなものだ。何ものをも受け入れ、何色にも染まる。真選組とはきっと、その白い布に皆がそれぞれの色で思いを描いた御旗《みはた》なのだろう」

近藤は、伊東の言葉をじっと聞いていた。そのまっすぐな目は、これから部下の手で自分が殺されるなど、まったく思ってはいないようだ。

「比べて僕の色は黒だ。何ものにも染まらないし、すべてを黒く塗りつぶしてしまう……」

伊東が周囲の座席に視線を送る。すると、同じ車両に控えていた隊士たちが一斉に席を立ち上がった。事前の打ち合わせ通りに近藤を包囲し、刀の切っ先を向ける。

近藤が眉をひそめる。自分の置かれた状況がわかっていないのだろう。

「近藤さん、すまないね」なんら悪びれることなく、伊東が冷静に告げた。「君たちの御旗は、もう真っ黒になってしまったんだよ」

近藤ひとりに対して、こちらの手勢は数十。簡単に覆《くつがえ》すことのできる差でないのは明白だった。近藤に残された道は、無謀な抵抗の末に惨殺《ざんさつ》されるか、潔《いさぎよ》く死を選ぶかのどちらかしかないのである。

さあ、我らが真選組局長は、どういう態度に出るつもりなのか――。伊東がその挙動を窺っていると、

「……わははははは!」突然、近藤が大口を開けて笑い出した。

周囲の部下たちは、近藤の態度に目を丸くしていた。

「さすが先生、面白いことを言うな」伊東をまっすぐに見据《みす》え、近藤が続ける。「俺たちが真っ黒に染まった? なるほど、俺が白い布だとすると、確かにそうかもな。だが俺なんざいいとこ、ちぢれ毛だらけのふんどしってトコかな」

この男、いったいなにを言い出したのか。伊東は、近藤の言葉の真意を量りきれずにいた。

「白い布にそれぞれの色で思いを描いた御旗? そんな甘っちょろいもんじゃないさ、奴

らは……。先生の周《まわ》りにいる連中は知らんが、奴らは違う。奴らは色なんて呼べる代物《しろもの》じゃねエ」

〝奴ら〟とは、土方や山崎のことを指しているのだろうか。伊東が眉根《まゆね》を寄せる。

「垢《あか》だよ」近藤が、にいっと白い歯を見せる。「洗っても洗っても取れねェ、しみついちまった垢だ。しつこくて洗っても取れねェもんだから、しまいには愛着まで湧いてきやがって困ったもんだよ。……だがね先生、汚れも寄せ集まって年季が入るうちに、見れるようになってね。いつの間にやら立派な御旗になっていやがった」

この男は、今更《いまさら》なにを言っているのだろう。土方も山崎も、もはや始末したのだ。過去の人間のはずなのだ。それに思いを馳《は》せたところで、なんの意味もない。

意味もないはずなのに……伊東の胸には言い知れぬ不安が去来していた。

「学もねーし、思想もねェ。理屈より感情で動くような連中だ。なにを考えてるかわからん、得体の知れねェ連中だ……。先生、あんたの手にゃ負えない。奴らは何色にも塗りつぶせないし、何ものにも染まらん」

その時だった。車両後部のドアが開いた。待機させていたはずの沖田《おきた》総悟が、伊東の方へと向かってくる。

「沖田君。なにをやっている。君は見張りのはず」

「……が、なにやってんだ」

沖田が、何事かをぼそりと呟いた。いったいこの男、どうしたというのだろうか。

沖田の猛禽《もうきん》のような冷たい目が、じっと伊東を射竦《いすく》めていた。伊東は、背筋《せすじ》にぞくりと冷たいものを感じてしまう。

「てめーがなにやってんだって聞いてんだァ、クソヤロー……！」

突如《とつじょ》、沖田が吐いた暴言に、伊東は眉をひそめる。

周囲の隊士たちも、沖田の行動に反逆の兆《きざ》しを見て取ったようだ。篠原《しのはら》が、すぐさま沖田に走り寄り、腕をつかむ。

「手を離せ」沖田が告げる。

「沖田君、伊東先生に向かってなんて口を——」

沖田を窘《たしな》めようとした篠原だったが、それは叶わなかった。口を開くや否《いな》や、沖田によって斬り捨てられてしまったからだ。

「その人から、手を離せって言ってんだァァァ！」沖田が近藤を見据え、吼《ほ》えた。

「総悟……」近藤が呟く。

何色にも塗りつぶすことができず、何ものにも染まらない連中——。なるほど、と伊東は理解する。確かに、近藤の言う通りだった。うまく沖田を飼い慣らすことができたと思っていたが、それは計算違いだったというわけだ。

「沖田君。君はやはり土方派……。僕に近づき、その動向を探るためのスパイ。土方を裏切ったのも、僕をあざむくための芝居だったのか」

「芝居じゃねーよ」沖田が吐き捨てるように告げた。「言ったはずだ。俺の眼中にあるのは、真選組副長の座だけだ。邪魔な奴は誰だろうと叩《たた》き潰《つぶ》す。土方は消えた。次は——」

沖田は手にした刀の切っ先を、まっすぐに伊東へと突きつけた。

「テメーの番だよ、伊東先生。俺ァ、テメーの下にも土方の下にもつくのは御免だ。俺の大将はただひとり……」

不敵な笑みを浮かべ、沖田が伊東を見据える。

「そこをどけ。近藤の隣は、副長の席《オレ》だァ」

この沖田という男、あくまで近藤の右腕にこだわるということか。伊東はどうやらこの男の行動理念を、完全に読み違えてしまっていたようだ。

伊東は思わず「ククク」と笑みをこぼしてしまった。

「とんだ性悪だ。土方を消すために僕を利用し、用済みとあらば僕をも消すか……。例のチップはずいぶん高くついた。こうなると君に代金を払ってもらわないとね」

「冥土《めいど》の土産《みやげ》にいくらでも払ってやらァ」

「ふん……。いいじゃないか。僕の狙いは、局長だ」

伊東が、沖田の背後に視線を向ける。物陰《ものかげ》に潜《ひそ》ませておいた部下に、沖田への攻撃を合図したのだ。

いかにこの男が手練《てだ》れだろうと、背後からの不意の一撃は避けられないはず――伊東は勝利を確信していたのだが、切り札を持っていたのは沖田も同じだったようだ。

沖田は制服の懐に手を差し入れ、棒状の機械を取り出した。いったいなにをするつもりなのか――。沖田がそのスイッチらしきものを操作した瞬間、伊東の背後でものすごい轟音が響き渡ったではないか。

「!?」

車両が大きく揺れる。隊士たちはまともに立っていることはできず、体勢を崩してしまう。どこかの車両が爆発したらしい。

「チッ、爆弾を……！」

この爆発は、こちらの気を逸《そ》らすための陽動だったようだ。沖田は動揺する隊士たちの隙《すき》をつき、一足飛びに距離を詰めてきた。近藤を救出するつもりなのだろう。

その疾風《しっぷう》のような身のこなしに、反応できた隊士はいなかった。沖田は近藤の腕を引き、そのまま前方車両へと逃げ去ってしまう。

伊東は沖田の背を睨みながら、つくづく食えない男だ、と歯噛《はが》みする。


ボコボコに凹《へこ》んだパトカーが、江戸の町をひた走る。

銀時たちの乗る車は、真選組とのカーチェイスや激突を繰り返し、見るも無残な姿に成り果ててしまっていた。まだ走り続けているのが奇跡とも言えるほどだ。

しかし、ここで止まってもらっても困る。なにせ人の命がかかっているのだから。

「近藤さんが……！　このままでは近藤さんが暗殺される！」

後部座席に座る新八が、土方の耳元で叫んだ。

「土方さん！　しっかりしてください！　土方さん!!」

「ぼ、僕は知らない。僕は知らない」

土方が顔じゅうに脂汗《あぶらあせ》を浮かべ、ガタガタと震えている。この男、やはり魂《たましい》までヘタレと化してしまったのだろうか。

これじゃダメだ、と新八は首を振る。真選組を救うことができるとすれば、副長であるこの人だけだ。新八は、土方の肩を強くつかんだ。

「このままじゃ、あなたの大切な人が、大切なものが、全部なくなっちゃうかもしれないんですよ!!」

「銀ちゃん、どうするアルか?」

助手席の神楽に尋ねられ、ハンドルを握る銀時が眉間《みけん》に皺《しわ》を寄せる。さきほどは「俺たちには関係ねえ」と言っていたが、それでも思うところはあるのだろう。

土方は、最後の力を振り絞って真選組の未来を銀時に託したのだ。ひとりの男の、魂をかけての頼みである。ここで動かなければ、新八の知る坂田銀時ではない。

そして銀時は、やはり新八の知る銀時だった。

「神楽、無線を全車両から本部まで繋《つな》げ」

神楽が「あいあいさ」と、パトカーのダッシュボードに手を突っこんだ。そのままガチャガチャとチューナーを弄《いじ》り、「全域」に合わせる。

「あ~あ~、もしも~し。聞こえますか~、税金泥棒」

無線機を手にした銀時は、挑発的な言葉で口火を切った。

「伊東派だかマヨネーズ派だか知らねえが、すべての税金泥棒どもに告ぐ。今すぐ持ち場を離れて、近藤の乗った列車を追え。モタモタしてたらてめーらの大将、首取られちゃうよ~。こいつは命令だ。背《そむ》いた奴には士道不覚悟で切腹してもらいまーす」

警察を舐《な》めきった銀時の口調は、さすがに不審に思われたのだろう。スピーカーから、怒鳴り声が聞こえてくる。

『なんのイタズラだァ!? てめェ、誰だ!?』

「てめっ、誰に口聞いてんだ。……誰だと?」

銀時は、すうっと息を大きく吸いこみ、無線機に向けて大声で言い放つ。

「真選組副長、土方十四郎だ、コノヤロー!!」

銀時は投げつけるように無線機を置き、通信を終了する。

さすが銀時だ、と新八は頷く。局長救出のために隊士たちを鼓舞《こぶ》するのは、副長の役目に他ならない。銀時は土方に代わり、それを見事にやってのけたのだ。

銀時は運転席で前を向いたまま、後部座席で震える土方に告げた。

「ふぬけたツラは見飽きたぜ。ちょうどいい。真選組が消えるならてめーも一緒に消えればいい。墓場までは送ってやらァ」

「冗談じゃない! 僕は行かな――」

土方が言い終わる前に、銀時が後部座席に身を乗り出し、その胸倉をつかんでいた。

「勝手にケツまくって、人様に厄介事《やっかいごと》押しつけてんじゃねーぞコラァ!」

土方のヘタレた態度がよほど腹に据えかねたのだろう。銀時は運転を放ったらかして、強く土方を睨みつけている。助手席の神楽が「あわわわわわ」と脇からハンドルを握った。

銀時が土方に向け、吼える。

「てめーが人にもの頼むタマか!? てめーが真選組、他人に押しつけてくたばるタマか!? くたばるなら大事なもんの傍らで、剣振り回してくたばりやがれ!! それが土方十四郎だろーがァァァァ!!」

「……ってーな」

それまで黙って震えていたはずの土方が、なにかを呟いた。銀時の手首をつかみ返すその手には、思い切り握力がこめられている。

「痛《いて》ェって……言ってんだろうがァァァ!」

激しい咆哮《ほうこう》と共に、土方が銀時の顔面を殴りつける。ヘタレなトッシーには決して振ることのできないような、情け容赦《ようしゃ》のない鉄拳だった。

「土方さん……まさか……!!」

土方が懐から煙草を取り出し、それに火をつけるのを見て、新八が目を丸くする。この所作は間違いなく、真選組副長・土方十四郎のもの。

〝鬼の副長〟が、帰ってきたのだ。

第四章

伊東《いとう》たちを乗せた列車が、爆炎を上げて線路を走る。

沖田《おきた》にはしてやられた――。伊東は歯噛《はが》みする。爆破による混乱に乗じて、近藤《こんどう》を奪還されてしまったのだ。

あれだけの部下たちの包囲網を乗り越えるとは、さすが一番隊隊長というだけのことはある。今頃、近藤を連れ、前方車両へと向かっていることだろう。

追跡に出していた部下のひとりが「伊東先生！」と、血相を変えて戻ってきた。

「爆破された場所から炎が出て、これ以上は危険です！」

「列車を止めるな。止めれば近藤に逃げられる」伊東が応《こた》えた。「この列車にはあのふたり以外、我々の味方しかいない。列車が走り続ける限り、奴《やつ》らは袋のネズミだ」

追手をなんとかやり過ごしつつ、近藤は沖田と共に列車前方の機関部を目指していた。

この列車から脱出するためには、まず列車自体を停止させねばならない。

車両を繋《つな》ぐ連結部を飛び越えながら、近藤は沖田に向けて口を開いた。

「すまねェ、総悟《そうご》。こんなことになったのはすべて俺のせいだ」

どうやら、この列車に乗っていた真選組《しんせんぐみ》隊士は、そのほとんどが伊東の配下らしい。今回の箱根《はこね》行きの任務も、すべては近藤を亡《な》き者にするため、伊東によって前もって計画されていたものだった。近藤は、完全に伊東の手のひらの上で転がされていたことになる。

こんな大規模なクーデターの発生を予期できなかったなんて、自分は局長失格だ――。

近藤は自嘲《じちょう》する。沖田の助けがなければ、確実に命を落としていたことだろう。

「なんて詫《わ》びればいい。俺ァ、お前らに……トシ《トシ》になんて詫びればいいんだ」

思えば土方《ひじかた》は最初から、伊東の危険性に気づいていたようだった。土方が再三警鐘を鳴らしてくれていたにもかかわらず、自分はそれを無視した。その結果、こうした事態を引き起こしてしまったのである。

せめて今、背後の沖田が恨み言のひとつでも言ってくれれば、まだ気が楽だっただろう。しかし、沖田はなにも言わなかった。それどころか、近藤の入った車両に乗りこもうともせず、黙って扉を閉めてしまったのだ。

「総悟!? なにをやっている！　開けろ！」

「近藤さん。大将の首を取られたら戦《いくさ》は負けだ。ここは引き下がっておくんなせェ」

窓の向こうの沖田は、近藤に背を向けた。ひとりで追手を食い止めるつもりらしい。

いくらなんでも無謀である。近藤はすぐさま止めようとしたのだが、ドアが開かない。

沖田が外からロックを掛けたのだ。

「ふざけるな！　開けろ!!」

「近藤さん、だから何度も言ったでしょ。アンタの悪いところは、人がよすぎるところだって。誰でも彼でも信じて疑おうとしねェ。挙句、あんなキツネまで懐《ふところ》に抱えこんじまうたァ……まァ、いずれはこうなると思ってやしたがねェ」

沖田は扉の外でレバーを操作し、車両連結を解除してしまった。車両を切り離し、近藤を逃がすつもりなのだ。

「だが、そんなアンタだからこそ、俺たちゃ集まったんだ。そんなアンタだからこそ、一緒に戦ってきたんだ。そんなアンタだからこそ、命張って護《まも》る甲斐があるのさァ」

「総悟ォォォォ！　おめーに死なれたら、俺ァ……俺ァ……」

沖田の乗る車両がだんだんと減速し、近藤の車両と離れていく。

沖田はそれを確認したあと、こちらを振り向くことなく、車両内部に乗りこんだ。単身、伊東らのもとへと戻るつもりのようだ。

沖田の背中が、どんどん小さくなっていく。

「総悟ォォォォォォォ！」

近藤の叫びは、もう届かない。

伊東の傍《かたわ》らで、部下のひとりが叫んだ。

「伊東先生！　前方車両、切り離されました！」

「後方の動力を作動させろ。近藤を逃がすな」

部下は「はいっ！」と返事をして、後方の機関部へと向かった。

現状、なにも問題はない、と伊東は独《ひと》りごちる。たとえ逃げた近藤らが連結部を切り離そうと、しょせんは一時しのぎにしかならないのだ。後方機関部に火を入れれば、すぐにでも追いつけるのだから。

近藤の味方は、今や沖田ひとり。奴らがどれほどの手練《てだ》れだろうと、数による劣勢を覆《くつがえ》すことはできないだろう。追い詰めるのは時間の問題だ――。伊東がそう考えていた時、目の前で車両前方のドアが開いた。

現れたのは、沖田総悟である。まさかこの男、ひとりで戻ってきたというのか。てっきり近藤とふたりで逃げるつもりなのかと思っていたが、そうではないらしい。単独でこちらを足止めし、近藤を無事に逃がそうという魂胆《こんたん》のようだ。

大した忠犬だ、と伊東は鼻を鳴らす。しかしそれは、愚か者のする行為だ。

「沖田君。君はもっと利口な男だと思っていたが……。我々全員をひとりで片づけるつもりか？」

伊東の質問に、沖田は答えない。表情を変えず、まっすぐに伊東を見据《みす》えている。

「近藤を逃がし、ひとり敵陣に残り、討ち死にすることで悲壮感にでも浸《ひた》ろうというのかね？　だが残念だったな。近藤は僕の計画通り、死ぬ」

伊東が車両の窓に目を向けた。外の荒野に、幾筋《いくすじ》もの土煙が上がっている。河上万斉《かわかみばんさい》から借り受けた数十台からなる戦闘車両部隊が、この列車に並走しているのだ。

「この戦場《いくさば》にいるのは、僕たちだけではない」

「鬼兵隊《きへいたい》か……」

そう呟《つぶや》く沖田の表情には、なぜか怯《おび》えの色はなかった。列車の外も内も、敵だらけということはわかっているはずなのに。なぜこの男は平気な表情をしているのか。

訝《いぶか》しむ伊東に、沖田が告げた。

「ワリーね、伊東さん。実は俺もひとりじゃねェ」

そのときだった。外を走る戦闘車両が一台、謎《なぞ》の爆発を起こした。後方から砲撃を受けたようだ。いったい何者の仕業《しわざ》なのか。鬼兵隊の面々も、急襲に狼狽《うろた》えを見せている。

「あ、あれは……!?」

後方から猛スピードで突っこんできたのは、半壊したパトカーだった。車内にいるのは見慣れぬ三人組だ。銀髪の男と、眼鏡《めがね》の少年、それから大きな髪飾りをつけた少女。いずれも真選組の制服を着ているが、伊東に見覚えはない連中だった。

しかし、そのパトカーの屋根に膝《ひざ》を立てて乗っている男——煙草《タバコ》を咥《くわ》えた目つきの悪い男の顔は、伊東もよく知っているものだった。

「馬鹿な。あれは……!?」

伊東が隊から追放したはずの男——土方十四郎《とうしろう》。すっかり腑《ふ》抜《ぬ》けと化したはずのあの男が、どうしてこの局面に現れたのか。

「御用改めであるぅぅぅ!」

「てめーらァァァ! 神妙にお縄につきやがれェェェ!」

髪飾りの少女と銀髪の男が、それぞれ機関銃とバズーカ砲を乱射している。手あたり次第に弾を撃ちまくりながら突撃するパトカーを、鬼兵隊の連中は止められずにいる。

しかし、伊東配下の隊士たちにとって、真に恐るべきは重火器などではなかったらしい。

「ひっ……土方ァァァァ!!」「バカな。な、なぜ奴がこんなところに……!」

伊東の部下たちは、鬼の副長の姿に狼狽《ろうばい》していた。

果たして奴は本物なのだろうか。伊東が土方を注視していると、その顔面に、破壊された戦闘車両の破片がぶち当たるのが見えた。

破片を派手に食らった土方は、パトカーの上で転倒し悶絶《もんぜつ》してしまっている。

「痛ぁぁぁぁぁぁ! 怖いぃぃぃぃぃぃ!」

「てめェェェ! 少しくらいカッコつけてられねーのか!」

パトカーの中から銀髪の男が屋根に這《は》い上《のぼ》り、土方につかみかかった。

「仲間の士気高めんのに、副長健在見せつけねーとダメだっつったろ! 人殴《なぐ》る時だけ復活して、すぐにヘタレに戻りやがってェェェ!!」

銀髪の男は手にしたバズーカ砲を振り回し、土方の尻を叩いていた。土方は尻を叩かれるたび、「あふんあふん」と情けない悲鳴を上げている。

「無理無理ィ!! あふうっ! 拙者《せつしや》には無理でござる! 坂田《さかた》氏、任せた!」

あの銀髪の男たちは、土方の仲間なのだろうか。ヘタレ化した土方を、無理やり戦場に引きずり出しているように見える。

沖田がその連中に目を向けながら、どこか楽しげに口元を歪《ゆが》ませる。

「目障《めざわ》りなのがついてきやがったなァ。だが、奴らを潰《つぶ》すにゃ、軍隊一個あっても足らねーぜ」

伊東は「ふん」と鼻を鳴らして応えた。

「土方め。今更《いまさら》来たところでなにができる。近藤もろとも全員消してくれる」

「消えるのはてめーらだ。見知った顔も見えるが、伊東派に付いたからにゃ死ぬ覚悟はできてんだろうな」

沖田が腰の刀を抜き放ち、伊東とその配下に告げた。

「真選組局中法度《はっと》二十一条。敵と内通せし者、これを罰する。……てめーら全員、俺が粛《しゅく》清《せい》する」

沖田の殺気に、部下の幾人かが身構えた。しかし伊東にとっては、決して恐れる状況などではない。いぜん頭数では、こちらが圧倒しているのだ。沖田の言葉など、見え見えの虚勢に過ぎないではないか。

伊東は「ククククク」と忍び笑いを漏らしてしまう。

「自分の状況が見えていないのか。今、この場において主流派は僕。反乱分子は君以外の何者でもない。土方《ヤツ》が作った局中法度《おきて》などもはや、なんの意味もなさん。君たちの真選組は消えるのだ」

伊東が部下たちに向き直り、命じる。

「奴を粛清しろ。僕は近藤を追う」

伊東は沖田に背を向け、車両後部に向かう。近藤の乗る車両を追うのなら、外の鬼兵隊の戦闘車両を使った方が早いと判断したのである。

残った伊東配下の隊士たちは、沖田に向けて一斉に刀を構えた。

対する沖田は、十数人を相手にしているというのに微塵《みじん》も動揺を見せていない。落ち着き払った口調で、隊士たちに語り始めた。

「真選組一番隊隊長として、てめーらに最後の教えを授けてやらァ。圧倒的に力の差がある敵を前にした時、その実力差を覆すには数に頼るのが一番だ」

隊士たちは眉をひそめた。いったい沖田はなにを言い始めたのか。これから自分を殺そうとしている者たちに教えを授けるなど、酔狂《すいきょう》が過ぎるではないか。

「呼吸を合わせろ。心体ともに気を練り、最も充実した瞬間、同時に一斉に斬りかかれ」

言われるまでもない。沖田の言う通り、隊士たちは一斉に斬りかかった。

最初から沖田に逃げ場などないのだ。これだけの数で畳《たた》みかければ、たやすく蹂躙《じゅうりん》できる――隊士たちはそう確信していたのだが、現実はそうはならなかった。

飛びかかっていったはずの隊士たちは、まとめて沖田に吹っ飛ばされてしまっていたのである。窓を割り、列車の外まで弾《はじ》き出《だ》されてしまった者もいる。

そのたった一太刀《ひとたち》で、大勢は決してしまった。

〝圧倒的〟どころではない。沖田と他の隊士たちの間には、〝絶望的〟と言えるほどの力の差があったのである。集団戦のセオリーなど、いっそ馬鹿馬鹿しくなるほどに。

「そして——死んじまいなァ」

元部下たちの返り血を浴びながら、沖田がペロリと舌を出した。

江戸《えど》町内を流れる静かな川の上に、一隻《せき》の屋形船が浮かんでいる。

窓枠に腰かけ、優雅に船の外を眺める着流しの男は、川遊びを楽しむ風流人ではない。

世の転覆《てんぷく》を目論《もくろ》む攘夷《じょうい》浪士、鬼兵隊を統《す》べる長《おさ》である。

「万斉、そろそろいい頃合だぜ」

「わかっているでござる」万斉が頷《うなず》く。

鬼兵隊配下からの連絡によれば、伊東鴨太郎《かもたろう》の一派は今、大混乱に陥《おちい》っているらしい。

近藤を取り逃がしたところに、副長・土方が戻ってきたというのだ。

まあ、事態がどちらに転ぼうとも構《かま》わない。鬼兵隊の目的は、また別にあるのだから。

着流しの男は、楽しげに口角を吊《つ》り上《あ》げた。

「計画通り、江戸の警備は空っぽだ」

「伊東鴨太郎、なかなかできる男でござるな」

「絶好の機会だ」着流しの男——高杉晋助《たかすぎしんすけ》の隻眼《せきがん》が、妖《あや》しく輝く。「殺《や》ってこい。将軍を」

高杉に頷き返し、万斉が立ち上がる。

万事屋《よろずや》一行+土方が乗るパトカーの真横を、前方からバズーカ弾が掠《かす》める。あちらこちらで爆発だらけ。線路の周囲は完全に戦場と化していた。
背後からやってくるのは、真選組のパトカーが数十台。さきほどの銀時《ぎんとき》の無線が役に立ったようだ。彼らはさっそく、前方の戦闘車両と撃ち合いを始めている。
戦闘車両に乗っているのは、浪人風の男たちだった。バズーカ片手に、真選組を口汚く罵《ののし》っている。

新八《しんぱち》はハンドルを握りしめながら、うーん、と唸っていた。見たところ自分たちの敵は、伊東派とかいう真選組の裏切者連中だけではないらしい。戦闘車両に乗っている者たちは、明らかにカタギの人間には見えなかった。

銀時が後部座席から呟く。

「奴ら、攘夷浪士か？　どうやら内輪モメだけじゃねーらしいな」

「近藤さんは……近藤さんはどこにいるんだよ」

新八が呟くと、助手席に座る神楽《かぐら》が「あれアル！」と前方に向けて指をさした。

「前に離れてる車両！　敵がみーんなあそこに向かってってくネ！」

「……だそうだ」銀時が、土方の首根っこをつかんだ。「土方氏、てめーらの援軍も来たことだし、あとは自分《てめー》でなんとかしろぃ」

銀時が無情にも、土方をパトカーの外に放り出してしまう。

「ちょ、ちょっと待ってよォォォォ！　坂田氏ィィィィ！」

土方が咄嗟《とっさ》に、開いたドアにしがみついた。パトカーに振り落とされまいと、引きずられながらも必死に耐えている。

根性あるんだかないんだかわからないな、このひと——と、新八は苦笑《にがわら》いを浮かべた。

かぶき町の路地を、タクシーがゆっくり進んでいく。

庶民のタクシーに乗るなど久しぶりだ、と、松平片栗虎《まつだいらかたくりこ》は思う。移動なら警察車両を使った方が圧倒的に安全だし、楽なのだが、連れに言わせれば「それではお忍びの意味がない」らしい。面倒なものだ。

その連れ――隣に座る徳川茂茂《とくがわしげしげ》に向け、松平は口を開いた。

「今夜はいつもんとことは別のキャバ行こうや」

「片栗虎。江戸の夜はキャバ以外に楽しいところはないのか」

「ない」

松平は断言した。この年齢まで夜遊びを繰り返してきた自分だからこそわかる。綺麗《きれい》なお姉ちゃんと酒。それに勝《まさ》る喜びはないのだ。

乗っていたタクシーが急に減速した。なにかと思えば、薄汚い格好の浪人集団が、タクシーの前方を塞《ふさ》いでいるようだ。

「おいおい、道塞がれてるぜ。これじゃキャバに行けねーな。停《と》めろや、運ちゃん」

松平はひとり、タクシーから降りる。

よくよく浪人集団を見てみれば、先頭でバイクに跨《またが》っている男には見覚えがあった。ヘッドホンをつけた、ミュージシャンスタイルの男。手配書で馴染《なじ》みの人物だ。

「これはこれは、人斬りの河上万斉じゃねェか。そんなとこでボヤボヤしてっと、逮捕しちゃうよ？」

万斉は車内の将軍を一瞥《いちべつ》し、「くくく」と不気味に喉《のど》を鳴らす。

連中の狙いは明らかだった。将軍の殺害である。

松平は「ったくよォ」と舌打ちをする。せっかくキャバ遊びに繰《く》り出《だ》そうと思ってたのに、台なしじゃねーか。

近藤は、目の前の光景に目を見張った。
廃車寸前のパトカーが一台、自分の乗る列車を目指して突っ走ってくる。攘夷浪士たちの戦闘車両を蹴散《けち》らしながら、こちらを目指して死に物狂いで追ってくるのだ。
乗っているのは、見慣れた連中だった。万事屋の三人組。それから、近藤がこれまでの人生において、最も頼りにしてきたあの男。

「ヒッ!?　ヒィィィィ!?　嫌ァァァァァァ!?」

その男――恐怖で悲鳴を上げる土方十四郎の顔を見て、近藤は「……カヤロウ」と呟いていた。

「なんでお前が……なんでお前がこんなところにいるんだよ……。俺にクビにされたお前が、俺のためにこんなところまで……」

鼻の奥が熱くなり、目が潤《うる》む。

「トシィィィィィ!　なんで来やがったァ!　バカヤロォォォォォォ!!」

近藤は感極《かんきわ》まっていた。やはり土方《トシ》は土方《トシ》だった。近藤が一番助けを欲している時、いつも手を貸してくれたのは、あの男なのだ。

今更どう声をかけるべきなのか――。悩む近藤だったが、残念ながらじっくり物思いに耽《ふけ》る暇は与えられなかった。万事屋の天然パーマが、あろうことか近藤の乗る車両に向けて、バズーカ砲を発射したのである。

そもそも近藤はこの車両から逃げられないのだ。砲弾を避《よ》ける余地もなく、近藤は「あべし!」と扉ごと吹き飛ばされてしまった。

「近藤さーん!　無事ですかァ!?」車両の外から、新八の声が聞こえてくる。

「ダメだ。ゴリラの死体が一体転がってるだけだ」

そんな銀時の無責任な言葉には、さすがの近藤も怒り心頭である。

「なにすんだァァ！　てめーらァァ！」

むくりと起き上がった近藤を見て、銀時が「あ、いた」と指をさした。

「無事かオイ。なんかお前、暗殺されそうになってるらしいな。一丁前に」

「今されそうになったよ！　たった今！」

近藤はため息交《ま》じりに、「つーか」と、空気の読めない天然パーマを睨《にら》みつける。

「なんでお前らがトシといるんだよ!?　ありえなくね!?　お前らが俺らの肩持つとか」

「遺言でな」銀時が、同乗する土方を一瞥した。

「遺言？」

「脳みそを操《あやつ》るチップに魂食われちまった。今のコイツはただのヘタレたオタク。もう戻ってくることもあるめェ」

「脳みそ操るチップだと!?」

唐突に告げられた荒唐無稽な事実に、近藤は声を裏返らせてしまう。

だが、ある意味納得はできた。このところの土方の変わりようは、あまりにも不可解すぎるものだったからである。鬼の副長・土方十四郎がヘタレと化すなど、太陽が西から上るくらいにありえない。しかし、それが天人《あまんと》の超テクノロジーによるものだというのならば、まだ理解できるだろう。

近藤は、ごくりと息を呑《の》んだ。

「おい！　そんな状態で……トシはお前らになにを頼んだんだ!?」

「真選組を護《まも》ってくれってよ」銀時が近藤に、いつになく真剣な眼差《まなざ》しを向けた。「面倒だから、てめーでやれってここまで連れてきた次第だ。俺たちの仕事はここまでだ。ギャラはたんまりいただくぜ」

真選組を護ってくれ――銀時から伝えられた土方の言葉に、近藤は打ちのめされてしまった。土方は最後の最後まで、真選組を案じていた。クビを命じた近藤に対して文句を言うでもなく、あまつさえその命を護ろうとしてくれていたのだった。

土方が真摯《しんし》に仲間を想うその心の強さに、胸が張り裂けそうになる。

そんな土方《トシ》のために、今の自分ができることはなんだろうか――。近藤は顔を上げ、銀時に告げた。

「万事屋、俺もお前らに依頼がある。これも遺言と思ってくれていい」

「え？　ギャラの件は無視？」

「トシ連れて、このまま逃げてくれ。こんなことになったのは俺の責任だ。戦いを拒む今のトシを巻きこみたくはねェ」

万事屋一同に向け、近藤は頭を下げる。

「俺ァ、伊東に注意しろというトシの助言を拒んだ。さらには些《さ》細《さい》な失態を犯したトシを、伊東の言うがままに処断した。トシが……トシがこんなことになってるとも知らずに。トシがそんな身になってまで真選組護ろうとしてたのも知らずに……。プライドの高《たけ》ェコイツが、お前らに頭下げて、真選組託したのも知らずに……」

土方に目を向ける。土方もまた、近藤をじっと見ていた。

「すまなかったなァ、トシィ……。すまなかったなァ、みんな……。俺ァ、俺ァ……大馬鹿野郎だ」

近藤は己《おのれ》の声に嗚《お》咽《えつ》が混じるのを、止めることができなかった。

だが、いくら悔やんでも、いくら謝罪をしても、土方が元に戻ることはもうない。愚かな自分は、かけがえのない友を失ってしまったのだ。

「全車両に告げてくれ。今すぐ戦線を離脱しろと……。近藤勲《いさお》は戦死した。これ以上、仲間同士でやり合うのはたくさんだ」

その時だった。

「あーあー、ヤマトの諸君……！」

それまで黙っていた土方が、おもむろにパトカー内の無線機へと手を伸ばしたのである。

「我らが局長、近藤勲は無事救出した。勝機は我らの手にある。局長の顔に泥を塗り、受けた恩を仇《あだ》で返す不逞《ふてい》の輩《やから》……あえて言おう！　カスであると！　今こそ奴らを月に代わってお仕置きするのだ！」

土方は妙なオタク用語を交えながら、滔々《とうとう》と無線機に向けて語り出している。

いったい急にどうしたというのか。近藤は戸惑ってしまう。

無線を聞いていた他の隊士たちも、皆混乱しているようだ。パトカーのスピーカーから、戸惑いの声が響いていた。

『オイ、誰だ？　気の抜けた演説してんのは⁉』

「誰だと……？」土方が無線機に向けて、声高らかに言い放った。「真選組副長！　土方十四郎ナリ‼」

「土方さん……」

運転席の新八が、固唾《かたず》を呑んで土方を見守っている。他のふたりも、土方の突然の行動に啞然《あぜん》としているようだった。

「近藤氏、僕らは君に命を預ける。その代わりに、君に課せられた義務がある」

土方は顔を上げげ、再び近藤と視線を合わせた。

「それは死なねーことだ。なにがなんでも生き残る。どんなに恥辱《ちじょく》にまみれようが、目の前でどれだけ隊士が死のうが、君は生きなければならない。君がいる限り、真選組は終わらないんだ……！」

土方の声色の中に、徐々に懐かしいものが戻ってくる。

土方は懐をまさぐり、煙草を取り出した。かつてのこの男がいつもそうしていたように、慣れた手つきで煙草に火をつけてみせた。

「近藤さん。あんたは真選組の魂だ。俺たちはそれを護る剣なんだよ」

「トシ……」

土方たちの乗るパトカーの背後からエンジンの駆動音が響いてくる。

攘夷浪士の戦闘車両に乗って現れたのは、伊東鴨太郎である。とうとう追いつかれてしまったらしい。

「一度折れた剣に、なにが護れると言うのだ」伊東が土方に、蔑《さげす》みの視線を向けた。「大きな出費をして君にヘタレオタクになってもらったが……ここまできたからには決着をつけねばならないようだな」

なんと、チップとやらを使って土方を陥《おとし》いれたのは、伊東の策略だったのか。なんてことをしてくれた、と近藤は怒りに拳《こぶし》を握る。

当然、土方自身も強い憤《いきどお》りを覚えているようだ。強く伊東を睨み、腰の刀に手をかけた。

「てめェが……てめェが俺をこんなことに……」

「そうだ。抜けるものなら抜いてみろ」伊東が口角を吊り上げる。

「土方さん！　オタクだってやる時はやるってことを、見せつけてやってください！」

脇から新八が声援を送っていたが、土方はまだ刀を抜かない。

いや、抜かないのではなく、抜けないのかもしれない。体内のチップが、いまだ土方の闘争本能を抑制しているということなのか。

土方は刀の柄《つか》を握りながら「ぬぐぐぐぐぐ」と顔を引きつらせている。どうしても抜けないようだ。

そんな土方がじれったく思えたのだろう、銀時が眉をひそめた。

「なにモタクサしてやがる。さっさと抜きやがれ」

「黙りやがれ」

土方は大きく息を吸いこみ、刀を握った。全身全霊をこめて引き抜こうとしている。

「俺はやる。俺は抜く……！　世界中の元気玉よ！　オラに力をォォォォォ！」

土方は咆哮《ほうこう》しつつ、パトカーの後部ガラスに拳を叩きつける。ガシャンと派手な音がして、ガラスは砕け散った。

土方はそこから身を乗り出し、後部トランクの上に立ち上がる。そして叫んだ。

「万事屋ァァァァァァ!!」

「なんでしょ」

「聞こえたぜェェ! てめーの腐れ説教ォォォ!! 偉そうにベラベラ語りやがってェェ! てめーに一言言っておく!」

銀時に背を向けたまま、土方は声を張り上げた。

「ありがとよォォォォォォォォ!!」

銀時もまさか、土方に礼を言われるとは思ってもみなかったのだろう、鳩が豆鉄砲を食らったような顔で肩を竦《すく》めている。

「オイオイ、またトッシー出たのか。またトッシーなのか」

「俺は……俺は土方十四郎だァァァァ!」

雄《お》たけびと共に、土方が刀を抜き放った。その血気溢《あふ》れる表情は、紛《まぎ》れもなく〝鬼の副長〟そのもの。土方は己の気合いで、チップの呪縛《じゅばく》を打ち破ったのである。

「近藤の首を殺《と》りたくば、この俺を倒してからにしろ。何人《なんぴと》たりともここは通さねェ。何人たりとも俺たちの魂は汚させねェ……! 俺は近藤勲を護る最後の砦《とりで》っ! 真選組副長! 土方十四郎だァァァァァァ!」

抜いた刀を振り上げ、土方が伊東へと飛びかかった。

伊東もまた刀を抜き、土方を迎え討つ。

「来いっ！　最後の決着の時だァァァァ！」


人斬り・河上万斉が率いる攘夷浪士たちに囲まれ、松平片栗虎は眉をひそめた。まったく、早く夜遊びしたいところだというのに、面倒な連中である。

「警察庁長官・松平片栗虎に喧嘩《けんか》売るたァ、大したもんだ。その度胸だけは認めるぜ。しかしなァ、俺の鶴の一声で真選組がどっと来ちゃうのよ」

こんなこともあろうかと、無線機はいつも携帯している。松平は懐から無線機を取り出し、緊急用の周波数に合わせた。

「あーあー、真選組全隊に告ぐ。かぶき町で将《しょう》ちゃんと遊んでるんだけどォ、鬼兵隊に囲まれちゃいました！　速攻、出動せよォォ！」

連絡を終え、松平はニヤリと唇を歪めた。

「はい、すぐにサイレンが鳴るぅ」

たかが攘夷浪士の十数人程度、精鋭揃《ぞろ》いの真選組の敵ではない。あっという間に片がつくだろう。

しかし、そんな松平の思惑は見事に裏切られてしまった。待てど暮らせど、パトカーのサイレンは一向に聞こえてこなかったのである。

「……鳴らないね」

首を傾《かし》げる松平に、万斉が冷たい声で告げた。

「真選組は……箱根に温泉旅行でござる」

「あー、そう。そっかそっか……」

真選組の箱根旅行など、松平にとっては初耳だった。この連中の奸計《かんけい》によって、真選組は江戸から遠ざけられてしまっているようだ。将軍暗殺のため、周到に計画をしていたということだろう。

だが松平とて、なんの準備もしていなかったわけではない。

「そんなら、俺が相手してやんねェとな」

言いつつ松平は、タクシー後部のトランクを開いた。中から取り出したのは、真選組御《ご》用達《ようたし》の対戦車バズーカ砲。松平がそれを肩に担ぐと、周囲の攘夷浪士たちが一斉にぎょっと狼狽えを見せた。

「ホラホラ、真ん中寄って〜。表情硬いよォ？　笑顔で、ね？」

悪党に手加減するのは松平の流儀ではない。松平はまるでカメラのシャッターを押すがごとく、「はい、チーズ！」と、景気よくバズーカをぶっ放したのだった。

バズーカ砲の威力はてきめんだ。キャバクラの看板が爆発四散し、浪士たちの「ぎゃあああ!?」という悲鳴が響き渡る。

阿鼻叫喚《あびきょうかん》の中、松平はタクシーの運転席のドアを開ける。「ハイ交代」と中の運転手を引っ張り出して、おもむろにハンドルを奪う。

三十六計逃げるに如《し》かず。松平はアクセルを全力でふかし、逃走を試みる。

後部座席の将軍が、重々しいため息をついた。

「すまんな。面倒なことになって」

「いつの世も、男の火遊びにゃ危険が付き物なのよ」

松平がバックミラーに目を向ける。攘夷浪士たちが態勢を立て直し、こちらを追いかけようとしているのが見えた。

先頭に立つのは河上万斉の単車《バイク》だ。うまいこと砲撃を躱《かわ》したのか、傷ひとつない。

「ふふふ。逃げても無駄でござるよ」

底冷えがするような笑《え》みを浮かべ、万斉が追ってきた。鬼兵隊の部下たちも一緒だ。

ちっ、と松平は舌打ちをする。強面《こわもて》のゴロツキどもに追跡されても、なにも面白くはない。同じ追っかけられるなら、キャバのねーちゃんたちに追っかけられた方がいい。

まあ、これもお巡りさんのお仕事だ、と松平は観念する。将軍の命を守るため、松平はギアをトップに入れた。

車両の中に、伊東派隊士の断末魔の叫びが響き渡った。沖田がまたひとり、敵を斬り捨てたのである。

沖田は、ふう、と額《ひたい》の汗を拭《ぬぐ》った。格下の雑魚《ざこ》相手と言えど、絶え間なく襲いかかってくる敵を一度に相手にするのはさすがに骨が折れる。そろそろスタミナも底が見えてきた。

敵もそんな沖田の疲れを見て取ったのか、

「沖田ァァァァァ！　死ねェェェェェ!!」

突如《とつじょ》、全方位からの急襲を仕掛けてくる。疲れた身体《からだ》では、これを捌《さば》くのは難しい。沖田はうまく回避することができず、やむなく背中に一撃をもらってしまった。

「ぐうっ……！」

灼《や》けるような激痛。背中から鮮血がほとばしる。沖田は体勢を崩し、一歩後ずさった。それで敵は好機と判断したのだろう。沖田を包囲するようににじり寄ってくる。この八方塞がりの状況を前にして、沖田はふっと笑みをこぼす。

「お前ら、よく鍛錬してきたな。なかなかいいぜ」

伊東派隊士たちは沖田を見下ろし、無情にも刀を振り上げた。ついに年貢《ねんぐ》の納め時ということなのだろうか。沖田は覚悟を決めたのだが、

「ぐはああっ！」

突如、沖田を囲んでいた伊東派隊士たちが苦悶《くもん》の声を上げた。何者かが放った電光石火の飛び蹴りが、彼らをまとめて吹っ飛ばしてしまったのである。

蹴りの主は、まるで猫のように軽やかに近くの座席の背もたれ部分に着地する。ニヤニヤ顔で沖田を見下ろすその小娘は、万事屋のチャイナ娘——神楽だ。

この小娘、登場に格好つけすぎである。さてはタイミングを狙っていたのだろう。沖田は神楽を見上げ、顔をしかめた。

「オイオイ、女子供が遊びに来るところじゃねえぜ？」

「その程度でバテてるようじゃ、お前のドSも大したことないアルな」

「かつての仲間相手についつい優しさが出ちまってね」

血まみれでそう言っても説得力は薄かったのだろう。神楽は「へー」と鼻で笑った。

「まあその傷、箱根の温泉で治してもらえヨ」

「余計なお世話だ」

隣の車両から、「いたぞぉぉぉ！」と声が響いた。新手だろう。

背中を斬られはしたが、この程度の傷ならまだ戦える。沖田は立ち上がり、再び刀を構えた。

どうやらチャイナ娘ももうひと暴れするつもりらしい。ニッと白い歯を見せる。

彼女は座席の上から大きくジャンプし、やってきた隊士たちに膝蹴りを食らわせながら着地した。そしてそのまま、振り下ろされた敵の刀をバク転で回避し、すかさずカウンターのアッパーでもうひとり仕留めてみせる。

相変わらずの凶暴ぶりである。狭い車内を縦横無尽に暴れる小娘の身体能力に、伊東派隊士たちはすっかり翻弄《ほんろう》されてしまっているようだった。

しかし沖田は知っている。このチャイナ娘は、ただ戦闘能力が高いだけではないことを。

「ふんんんぬぬぬぬごおおおおお!!」

チャイナ娘は力任せに床から座席を引きちぎり、それを思い切りまっすぐ前にブン投げたのである。敵もろとも、沖田まで亡き者にする勢いで。

まるで巨大砲弾のように伊東派隊士を蹴散らしながら突っこんでくる座席を、沖田は間《かん》一髪《いっぱつ》で反応し、手にした刀で両断する。もう少し遅かったら、自分もあの椅子《いす》の餌食《えじき》になっていただろう。

「危ねェじゃねーか！」

沖田が睨みつけるも、チャイナ娘は素知らぬ顔で鼻をほじるだけだった。本当にムカつく小娘である。

これが終わったら、チャイナ娘《コイツ》は絶対ぶっ飛ばす。沖田は舌打ち交じりに、残りの敵に斬りかかるのだった。

『鬼兵隊に囲まれちゃいました！　速攻、出動せよォォ！』

無線機から入った連絡を聞き、銀時と新八は顔を見合わせた。

無線の主は警察庁長官・松平片栗虎。ここ最近、バイト中に顔を合わせるたびにこちらを厄介事《やっかいごと》に巻きこんでくる、あの迷惑なオッサンである。

現在かぶき町で、松平たちは鬼兵隊の襲撃を受けているらしい。おそらくこの真選組の一件は、鬼兵隊にとっての陽動なのだろう。連中の本命は、松平が連れ回している人物の方だったのだ。

「銀さん……！　将軍が……！」

「オイオイ。そーゆーことかよ、高杉の野郎……」

銀時が眉をひそめた。鬼兵隊の大将、高杉晋助は、銀時の昔馴染《むかしなじ》みである。共に攘夷戦争を戦った因縁《いんねん》深い間柄なのだ。

「銀さん！　江戸が！　将軍が危ない！」

今すぐ助けに行くべきだ——。新八はそう主張したのだが、銀時はあまり乗り気ではない様子《ようす》だった。

「うん、でもさでもさ、俺が将軍を護らないといけない？　ねえ、そんな義理ある？」

「将軍やられたら高杉晋助の侵略が始まりますよ！」

「そんなこと言われてもさぁ」

銀時が面倒臭《めんどうくさ》そうに鼻をほじる。もしかして、将軍のせいでバイトがあれこれダメになってしまったことをまだ根に持っているのだろうか。

まったくこの男ときたら、ジャンプ主人公にあるまじき怠慢ぶりである。もうちょっとこう、ヒロイックなところを見せてもらいたいものだ。

と、その時「はっはっは！」と不敵な笑い声が聞こえてきた。新八がパトカーの窓から外を見ると、謎の物体が後ろから飛んでくるのが目に入る。

どこかオバQっぽい、白い着ぐるみ状のなにか——よく見ればそれは、宇宙生物・エリザベスである。手に持っているのは、『おまた』のプラカード。背中に乗っているのは、彼の相棒・桂《かつら》だった。

「うわっ!?　桂小太郎《こたろう》!?」

近藤が目を剥《む》いている。裏切り者やら鬼兵隊やらで、現在真選組は大変な状況に陥っているのだ。そのうえ別勢力の桂《テロリスト》まで現れてしまえば、近藤が混乱するのも無理はないだろう。

当の桂はエリザベスの背中で、悠然と腕を組んでいる。

「銀時、決して真選組に加担するわけではないが、鬼兵隊を野放しにはできん。加勢するぞ！」

そうだった。そういえばこの桂という男も、高杉一派とは浅からぬ因縁があったのである。そのあたりは前作・実写劇場版『銀魂《ぎんたま》』第一弾でも語られていたことだ。気になる人はDVD／ブルーレイか、ノベライズ本でおさらいしよう——新八はひとりごちる。

「江戸を根絶やしにせんとする、高杉の——」

桂がなにか言いかけたところで、エリザベスは急に飛行速度を上げた。そのまま反転し、背後の鬼兵隊の集団に突っこんでいってしまう。

「おいエリザベス!?　今からカッコイイ台詞《せりふ》を言おうとしていたところだぞ！　エリザベエエエエス！」

桂の声を無視し、エリザベスが鬼兵隊の戦闘車両に体当たりを仕掛けた。車両は爆発炎上し、桂の悲鳴が響き渡る。

「………」あまりの展開の速さに、新八は絶句する。

まあ、なんだかんだ言ってあの桂という男、とぼけたように見えて案外しぶといのだった。腐っても「狂乱の貴公子」である。十分近藤たちの助けになってくれるだろう。

新八が、銀時に向き直る。

「ここは真選組と桂さんに任せて！　江戸にとって返さないと！」

「いやいや。そんなに速攻戻れないでしょ。もうここ、結構田舎《いなか》よ？」

銀時が肩を竦めたその時だった。

横合いから、「銀の字ィィィ！」と聞き慣れた声が聞こえてくる。

声と共に現れたのは、見慣れぬ巨大な乗り物である。新八はその乗り物を見て、呆気《あっけ》に取られてしまう。

バス……なのだろうか。一見するとバスのようだが、全体にフサフサとした毛が生えており、バスらしからぬ挙動でぴょんぴょん跳《は》ねてやってくる。前面部はケモノっぽい顔。目がライト代わりに光る仕組みのようだ。車体の後ろには縞模様《しまもよう》の尻尾《しっぽ》が生えていた。

「銀の字ィィィ！　これに乗れェェェェ!!」

運転席から顔を出しているのは、やはりと言うべきかあの変人、平賀源外《ひらがげんがい》だった。この男、他作品の版権に対して果敢《かかん》に挑戦しすぎである。

謎のバスは、そのまま銀時の目の前で止まった。それと同時に額《ひたい》の行き先案内も、『銀時』から『江戸城』に変更される。

あまりに危険すぎるそのパロディに、銀時も「わあああ!?」と驚愕の叫びを上げた。

「第一弾に続いて、〇〇〇《ピー》のやばいヤツ来たァァァァ!?」

「ねえ、コレ大丈夫なんですか!?　許可取ってるんですか!?」

新八が詰め寄るも、源外は不思議そうに首を傾げるだけだった。

「なにがじゃ？　これはアライグマじゃ。見ろ、リンゴを洗っとるじゃろ、お前」

見れば確かに、バスから生えたフサフサの手（？）が、リンゴを拭《ふ》き拭《ふ》きしていた。ならばこれはアライグマバス、とでも呼ぶべきなのだろうか。なんだか語呂が悪い。

源外によれば「絶妙な案配《あんばい》と尊敬をこめて」ということらしい。リスペクトで押し通すつもりのようだ。

銀時も銀時で、なんだかんだ楽しいらしい。はしゃぎながらバスに乗りこんでいる。

「早く！　早くメイちゃんのところへ！」

「あ、メイちゃんって言っちゃった」源外がまるで悪びれずに舌を出す。

ダッシュで走り去るアライグマバスを目で追いながら、新八は頭を抱えた。

「これ、ダメだろォォォォ!!」

そのとき新八は、背後から列車の走行音が近づいてくることに気がついた。

よくよく考えてみれば、現在、新八の乗るパトカーは線路の上にいる。このままでは、後方からやってくる列車車両に追突される。そうなれば、近藤の乗る車両との間でパトカーごとミンチになってしまうだろう。

「――って、こっちもダメェェェェ!?」

「うおおおおおおおおおおおお!?」近藤も目を剝いている。

パトカーと車両が衝突するその瞬間、新八は近藤と目配《めくば》せをした。近藤は前の車両から、新八はパトカーから脱出し、開いた扉から同時に後方車両の中へと飛びこんだのである。

列車内の床で受け身を取り、ふたりはなんとか体勢を立て直す。今、この列車内はどういう状況になっているのだろうか。

少し前に神楽ちゃんがひとりで突入していったきりだけど――。と、周囲の状況を見回したところで、新八は息を呑んだ。

「こ、これは……!?」

列車内は、激しい戦闘が行われていたようだ。乱雑に荒らされた座席のあちこちに、伊東派隊士と思《おぼ》しき真選組の連中が倒れているのが見える。

生き残りはふたりだけ――。神楽と、沖田である。

ふたりとも、すっかり息が上がってしまっていた。これだけの数をたったふたりで相手にするのは、かなり大変だったはずだ。

顔も制服もボロボロになってしまった沖田が、近藤に笑みを向けた。

「ちょいと働きすぎちまった。残業代出ますよね、コレ」

「総悟ォォ!」

近藤は、目に安堵《あんど》の涙を浮かべていた。

松平片栗虎が逃げこんだのは、当然のことながら江戸城だった。江戸城といえば将軍の

居城でもあり、この国で一番の要塞である。どんなテロリストであろうと、ここを攻め落とすのは難しいだろう。

しかし松平はあえて大手門《おおてもん》を開いたままにし、鬼兵隊の一団を敷地内に迎え入れたのである。当然、考えがあってのことだ。

松平は将軍と共に、本丸前の広場で彼らを待ち受けていた。ほどなくして鬼兵隊のゴロツキどもが、我《わ》が物顔でバイクにまたがり、松平らの前に現れる。

「いらっしゃいませ〜。こちらでお召し上がりですか？　それともお持ち帰りですか？」

無作法者たちに向け、松平は皮肉たっぷりに告げた。

「いやあ、ここんとこ、将軍暗殺を目論む輩がいるって噂《うわさ》でなァ。そいつら引っ張り出すために、影武者連れてブラブラしてたんだ。よくぞ網《あみ》にかかってくれたな」

そうなのだ。すべては鬼兵隊をおびき寄せるための罠。鬼兵隊の連中はこちらを追い詰めたと思っていたのだろうが、その逆なのだ。彼らは、松平の策にまんまと嵌《はま》ってしまっているのである。

ここにいる将軍が影武者だったという事実は、鬼兵隊連中にとっては寝耳に水だったのだろう。彼らは揃って動揺を見せていた。

ただひとり、河上万斉を除いては。

「ほほう」万斉が口角を吊り上げた。「真選組のいないこの城でそんな大口を叩いてよろしいのでござるか」

「どうやら局長が拉致《らち》られたらしいわ。あいつら優秀なんだけどよォ。そりゃ局長がやられるとなりゃ、なにも見えなくなっちまうわな。すんばらしい作戦組んだじゃねェか。褒《ほ》めてやるよ」

松平が顎《あご》をしゃくると、周囲に忍びの者たちが現れた。その数、三十。将軍暗殺を見越し、松平が事前に待機させておいた者たちである。これだけの数がいれば、テロリストなど容易に殲滅《せんめつ》できるだろう。

しかし万斉の表情に、動揺はなかった。刀を抜き放ち、向かってくる。

「主人からの言いつけは、将軍の暗殺……。そいつらを皆殺しにしても、将軍の首、持ち帰るでござるよ」

「さすが千人斬りの万斉だ。楽しもうじゃねェか」

松平の物怖《ものお》じせぬ言動は、鬼兵隊連中を激昂《げっこう》させたらしい。彼らは雄たけびを上げて、松平の方へと向かってきた。

計画通りだな――。松平が心中でほくそ笑む。

ゴロツキのひとりが松平に近づいた瞬間、その足元で大爆発が起こった。爆発は次々と連鎖し、瞬《また》く間に鬼兵隊を爆炎の中に飲みこんでいく。

実は松平の周辺の地面には、さきほど忍びの者たちに設置させておいた地雷がいくつも埋まっていたのだ。鬼兵隊は、そこに見事に誘いこまれてしまったのである。

作戦の首尾は上々。鬼兵隊の一団を、ものの数秒で壊滅させることに成功した。

しかし、河上万斉を仕留めるには至らなかったようだ。さすが伝説の人斬り。爆発を巧《たく》みに躱《かわ》し、距離を詰めてくる。

「ふふふふ。面白い……！」

こいつァ、面倒臭《くせ》ェのを相手にしちまったな——松平は舌打ち交じりに、踵《きびす》を返した。

こうなればもう、影武者を連れて、逃げられるところまで逃げるしかない。

万斉の相手を忍びの者たちに任せ、松平は全力で駆け出した。

本丸内部の脱出用の通路は、天守閣の裏手へ通じている。ここを抜ければ、江戸の市街地へと抜け出すことができる。
将軍の影武者と共に通路を走りながら、「ったく」と松平はため息をついた。これだけ

全力で走っていると、さすがに足腰にくる。こちとら、もういい歳《とし》なのだ。

松平はようやく建物を抜け、市街地へと続く裏庭に辿《たど》り着く。

しかし、そこで安堵することは叶わなかった。背後から、河上万斉の声が響いてきたのである。

「……ほほう。江戸城の裏はこのようになっていたでござるか。天人たちのビルと繋《つな》がれ……。傀儡《かいらい》政治のなれの果てでござるな」

いつの間にか追いつかれてしまった。足止めを任せた忍びの者たちは、すべてこの男に斬られてしまったのだろう。やはり、人斬りの名は伊達《だて》ではないということか。

こうなってしまえば腹をくくるしかない。松平は振り返り、腰の刀を抜き放った。

「よーし。最後はこのダンディーおじさんが相手だ。来いや」

「そなたも実権なき幕府に未練はないでござろう。心置きなく地獄に落ちるがいい」

万斉が松平に、刀の切っ先を向けた。放たれる殺気に、松平は「むう」と顔をしかめる。

松平は、抜いた刀を野球のバットのごとく構え、「おう、やんのかコラァ」と凄《すご》んで見せた。これでも松平はその昔、バッティングセンターではずいぶん鳴らしたのである。そっちが伝説の人斬りなら、こっちは伝説のホームラン王だ——と、松平が臨戦態勢に入ったそのときだった。

「……どんだけ強いか知らねェが、おじさんの敵《かな》う相手じゃねーよ」

ふと背後から、木刀を携《たずさ》えた男が現れた。

もじゃもじゃの銀髪に、怠《だる》そうな表情の男だ。銀髪の男は松平を庇《かば》うようにして、万斉の前に立ちふさがった。

「おい、コレ返すぜ」

銀髪の男が松平に、畳んだ服を突きつける。

「あれ？　うちの制服じゃねェか」

「あとさぁ」男はさらに、紙切れを手渡してきた。「アンタんとこの奴らに散々働かされたから、ここに、振りこんどいてよ」

「え？」松平は首を傾げる。

「家賃払わなきゃなんねーんだ」

紙切れにはなにかの数字が書かれているようだ。松平は紙切れを遠くに持ち、目を細めて数字を眺める。

「それ絶対見えてるよね」

「いやあ、老眼でなあ」

「絶対見えてる。結構大きく書いてるから」

「あー。若い頃は二・〇だったんだけどなあ。えーと……」

紙切れの数字を読もうとしたところで、松平はふと気がついた。

「ん？　あれ？　兄ちゃん、キャバにいたしゃくれ女と似てるな」

「人違いだ」

「床屋のヒゲの……」

「人違いだ」

銀髪の男が、なぜか慌《あわ》てて顔を背《そむ》けた。やましいことでもあるのだろうか。男はコホン、と咳払《せきばら》いをし、万斉に木刀を向ける。

「どいてな。人斬りさんは俺が片づける」

「そう目の色変えてムキになるんじゃねェよ。影武者だ」

松平が将軍そっくりの連れを指さすと、銀髪の男は「だろうな」と頷いた。

「本物連れて町をブラブラする警察庁長官なんて、即刻クビだろ」

「本物さん、どうぞ」

松平が懐から取り出したリモコンをポチッと操作すると、空中にモニターが浮かび上がる。天人伝来の世にもハイテクな道具なのだ。

モニターには、温泉の光景が映し出されている。ゆったりと湯に浸《つ》かるのは、本物の将軍・徳川茂茂である。湯船でのんびり四肢《しし》を伸ばすその姿は、まるで平和そのものだった。

「箱根の温泉から生中継」

松平の言葉を聞き、河上万斉が「ふふ」と口の端を歪めた。

「我々の動きを見通して、本当に箱根に逃がしてあったとは。粋なことをするでござる」

暗殺計画が失敗したというのに、万斉は余裕の表情である。しょせんは人斬り、計画の達成そのものは、さほど重視してはいなかったということか。

対して銀髪の男は、画面の将軍を見て「はわわわわ」と露骨に狼狽え始めていた。特に、将軍のヘアースタイルに対して激しく動揺しているようである。

『どうかな。イメチェンとやらをしてみたのだが』

画面の中の将軍が、自《みずか》らの髷《まげ》のない頭を撫《な》でてみせた。

「や、やっぱり本物だったんじゃねーか……！」

なぜか銀髪の男は顔を引きつらせてしまっていたが、松平にはどうでもいいことだった。この男が河上万斉の相手をしてくれるというのなら、ありがたく任せるべきだろう。自分には、他にやるべきことがあるのだから。

「悪《わり》ぃな、兄ちゃん。任せたわ」松平は銀髪の男の肩をぽん、と叩き、連れの影武者の方に向き直った。「じゃあ、キャバ行こうや」

「かたじけない」影武者も頭を下げる。

松平は影武者とふたり、そそくさと裏庭を離れる。人斬りの相手より、キャバの姉ちゃんと遊んだ方が百万倍楽しいに決まっている。

「本気？　こんな場面でホントにキャバ行くの？　ねえ？」

背後から銀髪の男の文句が聞こえてきたが、構うことはない。警察庁長官にとってはキャバクラで将軍の接待をするのも、立派な仕事のひとつなのだから。

普通に歩き去ってしまった松平と将軍の影武者の背を見送り、銀時は絶句してしまった。せっかく人が助けに来たというのに、なんなんだあのオッサンは。さすが税金泥棒の元締めと言うべきなのか。

銀時は気を取り直し、万斉の方を見やる。

「てめェ、高杉のとこにいんのか」

「ふふ。ノリとリズムが狂った……。将軍暗殺はとりやめでござる。しかし、お主のことは消して帰るでござるよ」

万斉は問いに答えようとせず、刀を構え直した。こいつもこいつで、相当マイペースな人間のようだ。

「オイ、人と話す時はヘッドホンを取りなさい。どういう教育受けてんだ、テメー。チャラチャラしやがって」

「坂田銀時……いや、白夜叉《しろやしや》。お主がなぜ真選組にいるのでござるか」

「てめっ、聞こえてんじゃねーか」銀時が舌打ちする。「あの伊東って男に真選組の実権握らせて、どうするつもりだよ。ついでに将軍暗殺まで企てて、てめーら、いったいなにがしてーんだ」

「背信行為を平然とやってのける者を仲間にするほど、拙者たちは寛容にござらん。また信義に背く者の下《もと》に人は集まらぬことも拙者たちは知っている」

万斉が表情を変えず、さらりと告げる。てっきり伊東と鬼兵隊は利害関係のもとに手を組んでいるものとばかり思っていたが、鬼兵隊側からすればそれほど伊東を重要視していたわけではないらしい。

「じゃあ伊東は、真選組をこの江戸から遠ざけるためだけに使った道具ってわけかい」

「哀れな男でござるよ。己が器量を知る時は、もう遅い。真選組と共に眠る運命だ」

万斉の含みを持った言い方に、銀時は眉をひそめる。つまり鬼兵隊には、伊東ごと真選組を葬《ほうむ》るための、なんらかの策があるということなのか。

そうなると、あの戦いの場に残してきた新八や神楽、それに近藤らが危ない。

「てめえら、なにしやがった!?」

銀時が地面を蹴り、木刀を振りかぶる。力任せに放った渾身《こんしん》の一撃は、しかし、万斉の刀によって受け止められてしまった。この人斬り、やはりかなりの使い手らしい。

鍔迫《つばぜ》り合《あ》いの最中、銀時は強い口調で告げる。

「奴らは、てめえらの罠で死ぬような奴らじゃねェ……!」

「そう願いたいところでござるな」

万斉がバックステップで距離を取り、鋭い刺突《しとつ》を放ってきた。銀時は即座に身体を捻《ひね》り、なんとかこれを回避することに成功する。

万斉はすかさず切り返しの刀で首を狙ってくる。息をもつかせぬ猛攻に、銀時は防御で手一杯になってしまっていた。

銀時が、「ちっ」と舌打ちをする。この男を倒して新八たちの救援に向かうのは、なかなかに骨が折れるかもしれない。


伊東が高杉晋助と出会ったのは、つい数週間前のことだった。高杉が所有する屋形船に招かれ、江戸の夜景を肴《さかな》に酒を楽しむことになったのだ。

仮にも真選組隊士である伊東が、攘夷浪士と手を組みたがっている。そのことが、高杉の目には奇異に映ったのだろう。

お前は世の中に、どんな不満を抱いているのか——それが、高杉の最初の質問だった。

「天才とは孤独なものだ」伊東は答えた。「僕には理解者がいない。僕はこんなところで燻《くす》ぶっている男ではない。誰もそれを理解できない。誰も僕の真の価値に気づかない」

剣も学問も、自分はすべてを極めてきた。自分には不可能はない。自分にとって唯一不幸だったことは、周囲の誰ひとり、自分と同じレベルでものを語れる相手がいなかったということである。

果たして、この目の前の隻眼の男はそれに足る相手だろうか。それを見極めるためにも、伊東は続ける。

「ならば、自らで己が器《うつわ》を天下に示すしかあるまい。真選組を我がものにする。それを地盤に天下に躍進する。この伊東鴨太郎が生きた証《あかし》を、天下に……人々の心に刻みこんでみせる」

高杉は煙管《キセル》を片手に、「へえ」と相槌《あいづち》を打つ。

「悪名でも構わねーと？　そのためなら、恩を受けた近藤を消すこともいとわねーと？」

「恩……？　恩ならば近藤の方にあるはずだ。あのような無能な男に僕が仕《つか》えてやったのだ。感謝こそされど、不満を言われる覚えはない」

なにがおかしいのか、高杉は「くくく」と含み笑いする。

「伊東よ。自分以外の人間はみんなバカだと思ってんのか。そんなバカどもに認められねェのを、不満に思ってるのか」

屋形船の窓から外を眺めながら、高杉は続けた。

「己が器を知らしめたい？　そんな大層なモンじゃあるめェよ。お前はただ……ひとりだっただけだろう。俺には、お前が本当に求めているものがわかるぜ――」

伊東が、はっと目を開ける。自分はしばしの間、気を失っていたらしい。まどろんでいる間に、高杉との初顔合わせを思い出していたようだ。

周囲に舞う粉塵《ふんじん》が喉に絡《から》み、げほっとむせる。

見渡せば、自分が乗っていたはずの列車車両は、酷《ひど》い状況に陥っていた。すべての窓が割れ、ことごとく座席がひっくり返っている。しかも、天地の感覚までおかしい。どういうわけか車両は現在、床が垂直に立つほど大きく傾いてしまっていたのだ。

車両の前方部分は完全に消失し、冷たい風が足元から吹きこんできていた。そちらの方向に目を向けてみれば、深い谷底が口を開いているのが見える。

「………!?」

崖で脱線でも起こしたのだろうか。伊東は宙吊りになってしまっていた。制服の裾が座席の金具に引っかかり、かろうじて落下せずにとどまっている。非常に危険な状態だった。いったいなにが起こったのか。伊東は、落ち着いて状況を思い出してみることにした。

戦闘車両のボンネットで行われていた土方との戦いは、幾度かの斬り合いのうちに、列車内へと舞台を移していた。

大きな爆発が起こったのは、その最中だ。この列車が脱線してしまったのは、あの爆発が原因に違いない。

おそらくは列車が橋を渡っている最中、橋ごと線路が爆破されてしまったのだろう。それが何者の仕業かはわからない。しかし少なくとも、こんな状況で命があったのは幸運だったと言える。やはり才を持つ者は、天に愛されているということか。

それにしても、土方《ヤツ》はどうなったのか——伊東が列車内を見回すと、瓦礫《がれき》の中に、千切《ちぎ》れた片腕が落ちているのが見える。真選組の制服に包まれた、血まみれの片腕だった。きっとあの腕の持ち主の身体は、すでに谷底へと落下してしまったはずである。

「土方……!!　そうか、僕は勝った……！　僕はついに土方に勝っ……！」

勝《か》ち鬨《どき》を上げようとしたところで、伊東は目を疑った。

自分の左肩から先が、なくなっているのだ。だとすれば、あの千切れた腕は土方のものではなく――。

「うわァァァァァァァァ！」

伊東の悲鳴が、谷間にこだまする。


万斉の剣を間一髪でいなしながら、銀時が問う。

「伊東は……伊東はてめーらの将軍暗殺の道具にされたことを知ってんのかい」

「ふふ。知るわけがないでござる。奴は幕府での出世を望んでいたでござる。奴の自尊心と自己顕示欲を利用したまで」

「相変わらずクソ野郎ですね、お前ら」

銀時は毒づきつつ、大振りに木刀を振るう。脳天に叩きつけるつもりで狙った一撃だったが、万斉はそれを軽く刀の腹で受け止めてみせた。

「奴らしい死に方でござる。裏切り者は、裏切りによって消える」

底冷えのするような声色で、万斉が告げた。

「はあっ……！　はあっ……！　はあっ……！」

腕がない。僕の左腕がない。いったいどうして——取り乱す伊東の耳に、バラバラとローター音が聞こえてきた。鬼兵隊のヘリのようだ。

宙吊りになっている伊東の姿を認め、ヘリがこちらにやってくる。しかし、伊東を救出に来たというわけではないらしい。ヘリに備えつけられた機関銃の銃口は、無慈悲にもまっすぐに伊東へと向けられている。

「やめろ……！　やめてくれ……！　やめろォォォォォ！」

さきほどの線路の爆発。考えてみればあれも鬼兵隊の仕業だったのだろう。あの連中は最初から伊東を使い捨て、始末するつもりだったのだ。

ヘリの機関銃から無数の銃弾が発射される。なんとか避《よ》けようと身を捩《よじ》るも、弾丸は伊東の身体を掠め、その衝撃で金具に引っかかっていた制服が破れてしまった。

支えを失った伊東の身体は、無情にも谷底へと落下していく。

――やめてくれ。僕はこんなところで死ぬ男じゃない。やめてくれ、僕はもっとできる男なんだ。もっと、もっと……。


伊東の脳裏に浮かんだのは、幼少の頃の思い出だった。

あの頃はただ、両親に褒められるのが嬉しくて仕方がなかった。両親に褒められたいがために、毎日毎日、勉強を頑張っていた。

学問所の試験で満点を取ったのが嬉しくて、答案を握りしめ、家に走って帰ったこともある。

「母上ェェ!! 見てください!! 僕、学問所の試験で満点を――」

「鴨太郎。静かになさい。兄上の身体に障《さわ》るでしょ」

あの日の自分は、母親に部屋から閉め出され「申し訳ございません」と呟くことしかできなかった。

その頃の両親の興味は自分ではなく、もっぱら身体の弱い兄の方にあったのだ。自分よりも兄を優先された気がして、とても寂しかったのを覚えている。

「もっと、もっと頑張らなければ。もっと頑張れば、きっと僕を見てくれる……!」

満点の答案を握りしめながら、かつての自分はそう決意した。それが、伊東鴨太郎の出発点だったのである。

学問所では、誰よりも勉学に勤《いそ》しんだ。両親に関心を持ってもらうために、ありとあらゆる分野の本を読み、大人顔負けの知識を身につけた。

教師にも、毎日のように教室で褒められていたことを覚えている。

「うむ。見事だ鴨太郎！　まったく大したものだな！　お前は我が学問所始まって以来の神童だ！　みんなも鴨太郎に負けるなよ！　ブワッハッハッハ！」

だが、そうやって誰かに褒められれば褒められるほど、同時に敵を作ることになる。当時の伊東は、他の子供たちの嫉妬《しっと》の対象であった。

学問所が終わったあと、近くの空き地に連れていかれ、袋叩きにあったこともある。

「調子にのってんじゃねーぞ！」「勉強しかできないボンボンがよ！」

同級の子供たちから散々に殴る蹴るの暴行を受け、伊東は歯を食いしばることしかできなかった。

「もっと、もっと頑張らなければ。もっと頑張れば、きっとみんな認めてくれる……！」

勉強だけではないことを証明する――。そのために少年だった自分は、必死で剣を学んだ。指南書を読《よ》み漁《あさ》り、毎日の素振《すぶ》りを欠かさなかった。

その結果、剣術の授業では負けなしになった。教師にべた褒めされたこともある。それまで自分をイジメていたガキ大将を、初めて圧倒した時のことだ。

「一本！　お見事！　大したものだ鴨!!　この齢《よわい》にしてこの剣筋……努力したな！」

教師は伊東の頭を撫で、満足そうに笑みを浮かべていた。

「鴨!!　江戸へ行け！　私が名門北斗《ほくと》一刀《いっとう》流の道場に推挙してやる！」

勉強も剣術も、鍛えに鍛えた。これできっと、みんな自分を認めてくれるはず……。しかし、そんな幼い伊東の思惑は、もろくも裏切られることになる。

剣術の授業でいじめっ子を倒したその日から、同級の子供たちは誰も伊東には寄りつかなくなってしまったのだ。

今ならば理解もできる。伊東が〝できすぎる〟からこそ、恐れられ、敬遠されてしまったのだろう。しかしあの日の自分にはわからなかった。

ひとり寂しく「なんで？」と呟くことしかできなかったのである。

伊東が孤立していたのは、学問所でだけではない。

とある夜、寝つけずに、自宅の縁側を歩いていた時のことだ。兄の部屋から、両親の話し声が聞こえてきたことがある。

「……まったくよりによって、跡取りの鷹久《たかひさ》がこれほど病弱では、我が伊東家はどうなるものやら。双子《ふたご》の弟、鴨太郎はあんなに元気に育ったというのにな。次男がどれだけの才覚を持っていようと宝の持ち腐れ」

「鷹久は鴨太郎にすべて奪われて生まれてきたのよ。私のおなかの中にいる時に、鴨太郎が鷹久のすべてを奪っていってしまったに違いないわ」

自分が、兄からすべてを奪った——。伊東はそれまで、そんなことを考えたこともなかった。勉強も剣術も、自分が一生懸命に努力して磨いてきたもののはずなのに。

なのに母は、伊東の努力を認めようともせず、「兄から奪ったもの」だと考えている。

「あんな子、生まれてこなければよかったのに」

母が告げたその言葉は、幼かった伊東の心を引きちぎった。

両親に認められたくて頑張ってきたのに、それは間違いだったのだ。伊東が頑張れば頑張るほど、母は病弱な兄を哀《あわ》れに思い、苦しんでしまう。

——なんで、なんでみんな、僕を見てくれない。こんなに頑張っているのに。僕はなにも悪くないのに。もっと僕を見てくれ。もっと僕を褒めてくれ。

北斗一刀流を修め、真選組に入隊して、さらには攘夷浪士と交わって……。それでもついに、伊東の孤独を理解する者は現れなかった。

谷底へ落下しながら、伊東はふと高杉の言葉を思い出す。「俺には、お前が本当に求めているものがわかるぜ」――結局、あの男が言った通りだった。

自分は決して、天下を獲《と》りたかったわけじゃない。求めていたのは、もっと単純な、他の誰もが得ていて当然のものだったのである。

「僕をひとりにしないでくれ。隣にいてくれ。僕の隣で、この手を、握ってくれ……!」

伊東は落下する。ヘリに狙撃され、暗い谷底へとたったひとりで落下する。

と、その時だった。手のひらを包みこむような、温かい感触を覚える。伊東の右手が、がっしりと握りしめられたのである。

見上げれば、近藤勲がそこにいた。崩壊寸前の車両に這いつくばり、伊東を引っ張り上げようとしているのである。

「こ、近藤!? なにしてる……! 君は、今……なにをしているのか、わかっているのか!? 僕は、君を殺そうとした裏切り者――」

「謀反《むほん》を起こされるのは、大将の罪だ」

近藤の力強い手のひらには、決してこちらを放すまいという強い意志を感じる。

よくよく見れば、その近藤の身体を、さらに後ろから引っ張り上げようとしている者たちがいた。沖田総悟。それと、見知らぬ眼鏡の少年と、お団子頭の少女だ。

近藤が、必死の表情で続ける。

「無能な大将につけば、兵は命を失う。それを斬るのは罪じゃねェ……。すまねェ、俺ァ、アンタの上に立つには足らねェ大将だった」

伊東は耳を疑った。この男、まさか自分を許そうとしているのだろうか。

「すまねェ、先生……俺ァ、兵隊なんかじゃねェ、ただ、肩突き合わせて酒をくみ交わす友達として、アンタにいてほしかったんだ……。まだまだたくさんいろんなことを教えてほしかったんだ。先生」

それは、伊東が生まれて初めてかけられた、優しい言葉だった。

伊東はこれまでずっと、孤独の中で生きてきた。他者を愚かと見下し、周囲に壁を作って生きてきた。

もちろん、孤独が好きだったわけではない。人から拒絶されることを恐れるあまり、あえて自分から拒絶していただけである。

——僕の欲しかったものは、地位や名誉、成功でも才能でも、自分を認めてくれる理解者でもない。

鬼兵隊のヘリが、再び機関銃を掃射《そうしゃ》してきた。伊東のみならず、近藤らまで始末するつもりなのだろう。

しかし、近藤は決して手を放さなかった。銃弾の雨の中、「ぬおおおお!!」と雄たけびを上げ、伊東の身体を引き上げようとしている。

おい、アレェェ! と、眼鏡の少年が叫んだ。見ればひとりの男が、崩れかけた列車を足場に、ヘリへと飛びかかっていくのが見えた。

「なにしてやがるぅぅぅぅぅ!」

土方十四郎だ。土方が、回転するヘリの翼へと突っこんでいく。そのまま手にした刀を大きく振るい、ヘリの翼を叩き斬ってしまったのである。

あまりに命知らずなその行動に、伊東は息を呑む。

そうだった。真選組とは本来、こういう連中だった。仲間を守るためなら、どんな危険を冒すことも躊躇《ちゅうちょ》しない。だからこそ、互いが互いを信じ合うことができる。

——僕が欲しかったものは、とっくの昔にそこにあった。

彼らはずっと、伊東に手を差し伸べてくれていたのだ。今こうして、近藤が自分を救おうとしてくれているように。

自分はただ、誰かに隣にいてほしかった。ただ、誰かに見てほしかった。ただ、ひとりが嫌だった。ただ――

「僕は……絆《きずな》が、絆が欲しいだけだった」

「先生ェェェェ！」

近藤が雄たけびを上げ、渾身の力で伊東を引っ張り上げた。近藤に抱きとめられ、伊東は安堵の息を漏らす。

背後を見れば、土方が落下するヘリを蹴り、こちらに飛び移ろうとしているところだった。土方は大きくジャンプをしたものの、あとわずかに飛距離が足りない。このままでは落下してしまう――。

とっさに伊東は、土方に向けて右腕を伸ばしていた。自分でもなぜそうしたのかはわからない。気がつけば、身体が勝手に動いていたのだ。

土方の手を、がっちりと握る。

「土方君。君に言いたいことがひとつあったんだ」

「奇遇だな。俺もだ」

「僕は君が嫌いだ」

「俺はお前が嫌いだ」

まるでいつかのように、伊東と土方は、互いに同じ言葉を告げる。

「「いずれ殺してやる。だから……こんなところで死ぬな」」


一方、銀時と河上万斉は、江戸城裏庭にて死闘を続けていた。

銀時の渾身の薙《な》ぎ払《はら》いを、万斉が刀の腹で受け止める。その一撃の重さに、万斉は「ぐっ」と歯を食いしばる。

なんだ、この男の強さは――万斉は眉をひそめた。

この坂田銀時という男、もうこの立ち合いで幾度となく刀を合わせているというのに、まるで疲労を見せていない。それどころか、次第に剣速が上がっている気さえする。この男、実力を隠していたとでもいうのか。

「さすが白夜叉。千人斬りの万斉とて、簡単には斬らせてもらえないでござるな」

「勘違いすんなよ。弱《よえ》ェ奴なら何人でも斬れんだよ」銀時が吐き捨てるように言った。

「そろそろ行くぜ。俺ァ、てめェみてーなタコ助をパパッとぶった斬って、奴らんとこに戻らなきゃならねェ」

「ふふ。もう手遅れでござるよ」

「さて、どうかな……！」

銀時がにやりと笑みを浮かべ、地を蹴った。一瞬のうちに万斉に肉薄し、猛攻を仕掛けてくる。万斉ですら、防御がやっとというほどの怒濤《どとう》の連撃であった。

「こ、これが攘夷戦争の伝説……白夜叉の力でござるか……」

思わず万斉は、笑みをこぼしていた。今の江戸にもまだ、面白い男がいたものだ。それがわかっただけでも、将軍暗殺を試みた甲斐はあったのかもしれない——と。

落下寸前の車両から伊東の身体を引き上げ、近藤は「ふう」とため息をつく。

伊東にはもう、こちらと戦う意思も力も残ってはいない。ようやくこれでひと段落か——と思いきや、しかし、そうは問屋が卸《おろ》さなかった。

再び、バラバラバラとヘリのローター音が聞こえてきた。新たにもう一機、鬼兵隊のヘリが上空から襲ってきたのである。

「伏せろォォォ！」土方が叫んだ。機関銃による掃射が始まったのだ。

あの攘夷浪士《テロリスト》どもは、容赦なくこちらを殺しに来ている。現状、戦闘ヘリに立ち向かえるような装備も、人員もない。では、どうやってこの状況を切り抜けたものか――。

そんな絶体絶命の危機に現れたのは、鬼兵隊とはまた別の攘夷浪士《テロリスト》だった。

狂乱の貴公子・桂小太郎。あの桂が謎の宇宙生物《エリザベス》の背に乗って、果敢にヘリに突撃を仕掛けたのである。

近藤が唖然としているうちに、桂は手にした刀でヘリを両断してしまった。斬られたヘリは派手な爆発を起こし、そのまま谷底へと落下していった。

なにはともあれ助かったらしい――あれだけの銃弾をばら撒《ま》かれたにもかかわらず、無事に済んだのは奇跡と言えるだろう。

仲間たちの安否を確認すべく、近藤が周囲を見回す。そこで初めて近藤は、自分の近くに赤黒い血だまりができていることに気づいた。

「……ごふっ」伊東が、血を吐いている。

よく見れば、血だまりは伊東の身体から流れ出ていたものだった。伊東は、銃弾の雨の前に立ちはだかり、仲間たちの盾となっていたのである。

そこで近藤は、ようやく気づいたのだ。銃弾の雨の中で自分が助かったのは、奇跡などではなかったということに。

「せ、先生ェェェェェ!?」

「伊と……伊東《いと》ォォ!!」

近藤と土方の悲鳴が響く中で、伊東の身体は仰向《あおむ》けに倒れた。

とっさに「先生!」と駆け寄る近藤に、伊東は弱々しく言葉を返した。

「な、なにをぼやぼやしてる……。早くしろ。指揮を取れ……! み、見ての通り、敵は大将を失った……。討《う》つなら今だ……!」

それは、伊東にとって真選組参謀としての、最期《さいご》の言葉だった。


鬼兵隊のヘリは、江戸城にも現れていた。バラバラと大きな音を立てながら、戦っている銀時たちの頭上へと降下してきたのである。

万斉は助走をつけてヘリへと飛び乗った。このまま逃げる算段だろう。

銀時は肩を竦めた。この男が逃げるというなら、別にそれで構わない。そもそも人斬りの相手など、わざわざ好きこのんでしたくもないのだから。

こっちにはこっちで、新八らを助けに行くという大事な用事がある。銀時もすかさず踵を返そうとしたのだが、

「!?」

なぜか身体が動かない。強い力で背後に引っ張られてしまっていた。

いったいなにが起こったのか。よくよく見れば、細い紐《ひも》のようなものが銀時の手足に巻きつけられていた。万斉が背負っていた三味線の、弦のようだ。

「さあ、白夜叉。このヘリで地獄にお連れするでござる」

「ふざけんなァァァ!」

万斉は、弦で銀時の自由を奪ったまま、ヘリで引きずり回すつもりらしい。当然、そんなことをされたら無事では済まない。

銀時がなんとか弦を引きちぎろうと踏ん張ってみるも、なかなか切れる気配は見られなかった。特別製の弦なのか、かなりの強度があるようだ。

万斉はヘリの上から、もがく銀時を見下ろしていた。

「白夜叉ァァ!! 貴様は何がために戦う! 何がために命を賭《か》ける! もはや侍《さむらい》の世界の崩壊は免《まぬが》れぬ。晋助が手を下《くだ》さずともこの国はいずれ腐り落ちる! ぬしがひとりあがいたところで、止まりはせん!!」

弦をギリギリと締め上げながら、なおも万斉は続ける。

「この国に、護《まも》る価値などもはやない! 天人たちに食い尽くされ、醜く腐る国に潔《いさぎよ》く引導を渡してやるが侍の役目！　この国は、腹を切らねばならぬ！」

「死にたきゃ、ひとりでひっそり死にやがれ」銀時が吐き捨てるように呟いた。

「坂田銀時……。貴様は亡霊でござる。かつて侍の国を護ろうと、晋助と桂と戦った思い、それを捨てきれず妄執《もうしゅう》し囚《とら》われる、生きた亡霊でござる。ぬしの護るべきものなど、もうありはしない……！　亡霊は、帰るべきところへ帰れェェ！」

万斉の言葉を聞き、銀時は「はん」と鼻で笑う。

付き合っていられるか――と、銀時は手足に巻きつく三味線の弦を、力任せに引きちぎり始めた。

万斉が「なっ!?」と驚きの声を上げる。

「鋼鉄の強度を持つ弦を……!?　無理はせぬ方がいいぞ。手足が引きちぎれる」

万斉の言葉に従う理由はない。銀時は歯を食いしばり、手足に全力をこめた。弦が肉に食いこみ血が噴《ふ》き出《だ》すも、構うことはない。なにせ今の銀時には、この国以上に護らなければならないものがあるのだから。

万斉がヘリの乗組員に向け「撃て！」と声を上げる。機関銃の銃口が銀時に向けられ、一斉掃射が始まった。

だが今は、機関銃程度で怯《ひる》んでいる場合ではない。

「耳の穴かっぽじって、よぉく聞け！　俺ァ、安い国なんぞのために戦ったことは一度たりともねェ……！　国が滅ぼうが侍が滅ぼうが、どうでもいいんだよォォ！」

銀時は手にした木刀に弦を巻きつけ、まとめて引っ張る。これが千切れない弦だというのなら、逆に利用するまでだ。

「ん、弦が……!?」万斉が目を見開いた。

万斉が驚くのは無理もない。さきほどまでの銀時は、弦で動きを止められていたはずだった。それが今は逆になっていた。銀時は木刀一本で、ヘリの馬力と張り合っている。

いや、張り合っているどころではない。銀時の膂力《りょりょく》は、ヘリの自由を完全に奪っていた。ヘリは一本釣りにかかった魚のように、銀時によって挙動を制御されてしまっていたのである。

「今も昔も……俺の護るもんはなにひとつ――」

銀時が、上段に振り上げた木刀を、全身全霊をこめて振り下ろした。

「変わっちゃいねェェエエエ！」

木刀に繋がれたヘリが、遠心力を伴って前方へと吹っ飛んでいく。勢いのついたヘリはそのまま江戸城の天守閣に激突し、派手な爆発を起こした。

銀時は「へっ」と鼻を鳴らす。将軍にはまた気の毒なことをしてしまったが、これは不可抗力というものだろう。

戦いの終わった荒野に、一陣の風が吹いた。

破壊された線路の脇には、戦闘車両の残骸《ざんがい》が多数転がっている。派手に暴れていた鬼兵隊は、すでにあらかた鎮圧されていた。近藤救出のためにやってきた真選組隊士たちが、手際よく連中を追い詰めているのだ。

一度は仲間と呼んだ者たちの活躍を窓の外に眺めながら、伊東は呟いた。

「いつだって、気づいた時には遅いんだ。ようやく見つけた大切な絆さえ、自ら壊してしまうとは……」

伊東の身体からは、夥《おびただ》しい量の血が噴き出していた。床には赤黒い血だまり。左腕を失い、全身に機関銃の掃射を受けたのである。明らかに致命傷だった。まもなくこの命は尽きることになるだろう。それは自分でもよくわかった。

自業自得だな――と伊東は自嘲《じちょう》する。他人から拒絶されたくないあまりに、他人を拒絶した。ちっぽけな自尊心を守るために、本当に欲しかったものさえ見失ってしまった。

そのことに気づいた時にはもう、自分にはなにも残されていないのだ。

伊東の傍らに立つのは、眼鏡の少年と髪飾りの少女だ。沈痛な面持《おもも》ちで、傷ついた伊東を見下ろしている。憐《あわ》れんでいるのだろうか。

ふと、足音が聞こえてくる。

「そいつを、こちらに渡してもらえるか」

真選組の隊士たちが、列車に乗りこんできた。先頭に立つ禿頭《はげあたま》の男は、原田《はらだ》だ。土方の忠実な配下である。

裏切り者の伊東がよほど憎いのだろう。彼らの視線は、こちらを射殺《いころ》そうとするほどの怒りに満ちていた。

伊東を案じたのか、眼鏡の少年が脇から割って入る。

「お願いです。このひとはもう……」

「万事屋……。今回はお前らには世話になった。だが、その頼みだけは聞けない。伊東のために何人が犠牲になったと思っている。裏切り者は俺たちで処分しなきゃならねェ」

原田の言うことももっともだった。今の伊東は、紛れもなく真選組の敵なのだ。局中法度に則《のっと》れば、処刑は免れない。

しかし髪飾りの少女は納得いかないのか、声を荒らげる。

「お前ら、なに言ってる――」

そんな少女を制止したのは、近藤だった。近藤は少女の肩に手を置き、原田らに頷き返す。伊東の処分は任せる、という合図だ。

眼鏡の少年も、本当は不服だったのだろう。しかし、涙をこらえる近藤を見て、なにも言えなくなってしまったようだ。

「近藤さん……」


最低限の後処理を終えた真選組一同は、列車からほど近くの荒地に移動していた。

荒野の真ん中に、血まみれの伊東がうつ伏せで倒れている。伊東の周囲を囲むのは、神妙な表情を浮かべた真選組隊士たちである。

伊東の処刑が始まるのだ。

新八はその光景を遠くに見ながら、本当にこれでよかったのかと、やりきれない思いを抱いていた。確かに近藤暗殺を企てた罪は重い。しかし伊東は、最後の最後で機関銃の弾丸から近藤を庇ったではないか。処刑以外の選択肢はないのかと、考えずにはいられない。

ふと新八の脇で、耳慣れた声が呟いた。

「ほっといたって、奴ァもう死ぬ」

銀時だった。あちこち傷つき、ボロボロになっている。鬼兵隊による将軍暗殺を、身体を張って阻止してきたのだろう。

銀時は表情を変えず、じっと伊東を見つめていた。

「だからこそ……だからこそ、斬らなきゃならねェ」

どういう意味なのだろう。どちらにせよ、新八にできることは、ただ事態を見守ることくらいのものだ。

地に伏せる伊東の前に、一振りの刀が投げ置かれた。刀を投げたのは、副長・土方十四郎である。

「立て、伊東。決着つけようじゃねーか」

土方に告げられ、伊東が目を見開いた。驚くのも当然だろう。新八だって驚いている。これから殺そうという相手に剣を手渡すなんて、それはもう処刑ではない。決闘である。

「真選組《あいつら》……伊東《やっ》をうす汚ねェ裏切り者のまま、死なせたくねーんだよ」

銀時が厳《おごそ》かに語る。真選組は最後まで、伊東の尊厳を守ってやるつもりなのだ。

近藤や沖田はなにも言わず、ただ黙って伊東が剣を握るのを見守っていた。

「最後は武士として……仲間として、伊東《やっ》を死なせてやりてーんだよ」

伊東は片手で剣を握り、かすかに頬《ほお》を緩めた。最後まで自分を対等に扱おうとする、近藤らの計らいに感謝しているのだろう。

伊東は土方を見据え、全力で駆け出した。

「土方ァァァァ！」

「伊東ォォォォォ！」

対する土方も刀を構え、伊東に全力でぶつかっていく。

ふたりが交差したその瞬間、大量の鮮血が宙に舞った。

斬られたのは伊東だ。だが斬られたはずの彼の表情は、まるで憑《つ》き物《もの》が落ちたように晴れやかだった。

「あり……がとう……」

仲間たちに見守られながら、伊東は倒れる。

その満ち足りた表情を見る限り、彼はきっと望むものを得られたのだろう。新八は黙って、ひとりの真選組隊士の最期を見守っていた。

月明かりの下を、一隻の屋形船が静かに往《ゆ》く。攘夷浪士、高杉晋助の船である。

報告によれば、伊東鴨太郎による真選組のクーデターは失敗。そしてそれを隠《かく》れ蓑《みの》にした将軍暗殺計画も、松平片栗虎の機転により、未遂に終わってしまったのだという。

そんな報告を受けながら、高杉は三味線をかき鳴らす。

「存外、幕府もまだまだ丈夫じゃねーか。いや、伊東がもろかったのか」

高杉は「それとも」と、報告者へと向き直る。

「万斉、お前が弱かったのか?」

「思わぬ邪魔が入ったでござる。あれさえなければ……」

河上万斉が、言い訳がましくそう答えた。「思わぬ邪魔」とは、高杉の旧知、坂田銀時であるという。紅桜《べにざくら》の一件に引き続き、二度までも。

本当にあの男は、高杉の邪魔をするのが好きなようだ。

「何事にも重要なのはノリとリズムでござる」万斉が席から立ち上がった。「これを欠けば何事もうまくいかぬ。ノれぬとあらば即座に引くが拙者のやり方」

部屋を出ようとする万斉の背中に、高杉は尋ねた。

「万斉、俺の歌にはノれねーか」

高杉の言葉に、万斉はふと足を止める。ややあって、「いや」と返した。

「奴らの歌に聞きほれた、拙者の負けでござる」

それだけ言って万斉は、部屋を出ていってしまう。

坂田銀時という男は、本当に不思議な男だ。いい加減でつかみどころがないように見えて、その実、魂にはっきりと軸が通っている。おそらく万斉も、そういうところに惹《ひ》きつけられたのだろう。

高杉はそんなことを考えながら、再び三味線をかき鳴らし始めた。

山崎退《さがる》が死んだ。

その報に最も驚いたのは誰あろう、当の山崎本人である。命からがら真選組屯所《とんしょ》に戻ってみれば、なんと自分の葬式が行われていたのだ。

大広間を覗《のぞ》いてみれば、寺から呼ばれたらしき住職が、ポクポク木魚を叩いている。上座には山崎の遺影が飾られ、皆神妙な面持ちで頭《こうべ》を垂れていた。肩を震わせ、涙を流している者までいる。

さすがの山崎も、この光景には目を疑った。

「えええ……ヤバイ……。完全に死んだことになってるぅぅぅ……」

この通り山崎は殺されてなどいないのだ。伊東らに追い詰められた際、河上万斉は、結局山崎にとどめを刺さなかったのである。

あの人斬りがなぜ自分を見逃したのか、山崎はよくわかっていない。去り際に告げられた言葉もまったく意味不明だった。

「気が変わったでござる。ぬしの歌、も少し聞きたくなった」「生き延びてその続き、聞かせてくれる日を楽しみにしているでござる」……とかなんとか。

「──などというやりとりがあり、俺が生存していたなんて誰も思うまい。マズいぞ」

このまま大広間の扉を開け、自分の生存を主張してみるのはどうだろうか。一瞬そう考えたものの、山崎はすぐにそのアイディアを打ち消した。

「『すみませーん、やっぱ生きてたよーん！　あはは！』……なんつって出ていったら、間違いなく粛清される。……どうしよう」

いくら考えてみても、にっちもさっちもいかない。大ピンチである。どうせ粛清されるなら、コレいっそ本当に死んだ方が楽じゃね？　とまで思ってしまう始末であった。

「しかし、申し訳ないな……。こんな状況なのに、みんなを泣かせてしまって」

まあある意味、ありがたいのかもしれない。地味キャラである自分が、ここまでメインとして扱われるイベントなど、そうそうやってもらえるものではないからだ。

仲間たちは今、どんな顔で泣いてくれているのだろう。広間の外からでは後ろ姿しか見えないので、それが無性《むしょう》に気になる。

そこで山崎は、そっと大広間に足を踏み入れることにしたのだが、

「……って寝てる！　ジャンプ読んでる奴いる！　携帯で喋《しゃべ》ってる奴いるぅぅぅ！」

仲間たちのあまりの態度の悪さに、山崎は辟易《へきえき》してしまった。

ハイハイ、俺の扱いなんてどうせこんなもんですよ、と。

一方、万事屋一行は、かぶき町のとある茶屋で呑気《のんき》に団子を食していた。
珍しく、あの土方十四郎に誘われたのだ。今回の一件の礼をしたいということらしい。
私服姿の土方は、休職中のようだった。まだ真選組に復帰しないのか、と新八が尋ねる

と、土方は意外な答えを返した。

「……謹慎処分の延長を申し出た？」

「ああ」土方が、団子を齧《かじ》りながら頷いた。「今回の不祥事の責任は重いからな」

「でも、もうヘタレオタクは治ったんだろ？」と、神楽。

土方の身体に埋めこまれていた〝ヘタレオタクチップ〟は、完全に破壊されていたらしい。調べた源外によれば「強力な感情の発露により神経パルスが逆流し、過負荷がかかった結果、ぶっ壊れた」という。「ぶっちゃけありえねー」とも付け加えていた。

要するに土方十四郎は、本来ならば絶対逆らえないはずのチップによる呪縛を、意志の力だけで打ち破ったということだろう。

さすがは鬼の副長だ。常人離れした精神力の持ち主である。新八にしてみれば、こういうひとがオタク仲間ならよかったのに、と思う。

「土方さん、もし奥底にその素質があるのなら、いつでも仲間に迎えますよ」

新八の冗談を「ふっ」と笑い飛ばし、土方が立ち上がる。

「世話んなったな」

「どこ行くネ」神楽が首を傾げた。

「まあ、全部背負って前に進まなきゃなんねェ。地獄で奴らに笑われねェようにな」

土方はそれだけ言って、振り返りもせずに去っていく。彼も彼なりに、今回の一件で命を落とした者たちに対して責任を感じているのだろう。

真面目《まじめ》な土方のことだ。もう二度と不覚を取らないよう、自分を鍛え直すつもりなのかもしれない。

土方が雑踏の中に消えていくのを見送りながら、不意に銀時が「あ」と口を開いた。

「ギャラもらうの忘れた」

「あ、どうするんですか？　今朝《けさ》、銀行に行ったらまだ一円も入ってませんでしたよ！」

新八が言うと、銀時が思い切り眉をひそめた。

「それマズいじゃん。家賃どうすんの」

どうすんの、とはこっちの台詞である。払うお金がなければ、お登勢《とせ》さんに尻の毛までむしられてしまいかねない。今のうちに逃げるなり隠れるなりなんとかしないと――と新八が言いかけたところで、通りの向こうから「てめーらァァァァァ！」という叫び声が聞こえてきた。

「家賃どうしたんだァァァ！　コラァァァァァァ!!」

般若《はんにゃ》のごとく怒りを露《あら》わにしたお登勢が、砂煙を上げてこちらに向かってくる。その迫力と言ったら、攘夷浪士たちの比ではない。

銀時は団子を慌てて飲みこみ、即座に立ち上がった。

「やべェェ！　逃げろォォォォォ！」

一難去ってまた一難。万事屋一行の逃亡劇が始まる。ホント、銀時《このひと》といると退屈しないな——と新八はため息をつく。まあ、これはこれで万事屋《ぼくたち》の絆の形なのだ。


自らの葬式をないがしろにされた山崎は、復讐に燃えていた。

「よおし、こうなったらオバケとなってみんなを驚かしてやる……」

白装束《しょうぞく》を纏《まと》い、額には三角布を装着する。今の山崎は、どこからどう見てもオバケの姿であった。

なにせ今の山崎は、死んだことになっているのである。このまま大広間に突入すれば、場を恐怖のどん底へと陥れることができるはず——。山崎が入り口でタイミングを窺《うかが》っていると、背後に人の気配がした。

「邪魔だ」

背中をドツかれ、山崎は「うおっ」とよろけてしまう。いったい誰だ、と相手の顔を見上げたところで、山崎は目を丸くした。

「副長!?」

真選組副長、土方十四郎である。長らく屯所を離れていた土方が、久方ぶりに顔を出したのである。

土方が大広間に入ると、隊士たちが途端に色めき立った。皆も山崎同様、副長の帰還に驚いているのだろう。

土方はすぐに部下たちに囲まれ、「副長！」「副長！」「副長！」の大合唱が始まった。

やはりこのひとは、なんだかんだ皆に慕われているのだな、と山崎は思う。

山崎は結局、皆を驚かせるタイミングを失ってしまった。それどころか、自分が驚かされる立場になってしまった。

だが、これはこれで結果オーライだろう。副長の帰還以上に、皆の度肝を抜くようなサプライズなどないのだから。

山崎は三角布を脱ぎ捨て、「お帰りなさい」と土方に駆け寄った。

スタッフ

原作：「銀魂」空知英秋
（集英社「週刊少年ジャンプ」連載）

脚本／監督：福田雄一
音楽：瀬川英史
主題歌：back number「大不正解」（ユニバーサル シグマ）
製作：高橋雅美　木下暢起　川崎由紀夫　山本将綱　宮河恭夫　吉崎圭一
岩上敦宏　垰義孝　青井浩　田中祐介　渡辺万由美　本田晋一郎
エグゼクティブプロデューサー：小岩井宏悦
プロデューサー：松橋真三　稗田晋
アソシエイトプロデューサー：平野宏治　三條場一正
企画協力（週刊少年ジャンプ編集部）：中野博之　大西恒平　真鍋廉
撮影監督：工藤哲也
撮影：鈴木靖之
照明：藤田貴路
録音：柿澤潔
アクション監督：田渕景也　CHANG-JAE WOOK
美術：高橋努
装飾：谷田祥紀
衣裳デザイン：澤田石和寛
ヘアメイク：宮内宏明
特殊メイク：飯田文江
スクリプター：山内薫
VFXスーパーバイザー：小坂一順
ポスプロプロデューサー：鈴木仁行
編集：栗谷川純
オンライン：酒井伸太郎
整音：スズキマサヒロ
選曲：小西善行
助監督：井手上拓哉
スケジューラー：桜井智弘
制作担当：桜井恵夢
ラインプロデューサー：鈴木大造
製作：映画「銀魂２」製作委員会
制作プロダクション：プラスディー
配給：ワーナー・ブラザース映画

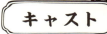

キャスト

小栗旬	坂田銀時
菅田将暉	志村新八
橋本環奈	神楽
・	
柳楽優弥	土方十四郎
三浦春馬	伊東鴨太郎
窪田正孝	河上万斉
吉沢亮	沖田総悟
勝地涼	徳川茂茂
夏菜	猿飛あやめ
戸塚純貴	山崎退
・	
長澤まさみ	志村妙
岡田将生	桂小太郎
・	
ムロツヨシ	平賀源外
キムラ緑子	お登勢
佐藤二朗	
・	
中村勘九郎	近藤勲
堂本剛	高杉晋助
堤真一	松平片栗虎

■初出
映画ノベライズ　銀魂2　掟は破るためにこそある　書き下ろし
この作品は、2018年8月公開(配給／ワーナー・ブラザース映画)の
映画『銀魂2　掟は破るためにこそある』(脚本／福田雄一)をノベライズしたものです。

映画ノベライズ　銀魂2　掟は破るためにこそある

2018年8月25日　第1刷発行

原　　作／空知英秋
脚　　本／福田雄一
小　　説／田中 創
装　　丁／渡部夕美［テラエンジン］
編集協力／藤原直人［STICK-OUT］長澤國雄
編 集 人／千葉佳余
発 行 者／鈴木晴彦
発 行 所／株式会社 集英社
〒101-8050 東京都千代田区一ツ橋2-5-10
TEL【編集部】 03-3230-6297
【読者係】 03-3230-6080
【販売部】 03-3230-6393(書店専用)
印 刷 所／凸版印刷株式会社

©2018　H.SORACHI／Y.FUKUDA／H.TANAKA
©空知英秋／集英社　©2018 映画「銀魂2」製作委員会

Printed in Japan

ISBN978-4-08-703460-8 C0093

検印廃止

本書の一部あるいは全部を無断で複写複製することは、法律で認められた場合を除き、著作権の侵害となります。また、業者など、読者本人以外による本書のデジタル化は、いかなる場合でも一切認められませんのでご注意下さい。

造本には十分注意しておりますが、乱丁・落丁(本のページ順序の間違いや抜け落ち)の場合はお取り替え致します。購入された書店名を明記して小社読者係宛にお送り下さい。送料は小社負担でお取り替え致します。但し、古書店で購入したものについてはお取り替え出来ません。